有五個
姊姊的我
就
註定要
單身
了啊
1
啞鳴
圖・迷子燒

李家家訓

第一條　垃圾就應該塞在垃圾桶裡

對於十七歲還沒交過女朋友的我。

我感到羞恥。

完全不能理解，女生到底是怎樣的存在，她們到底願意和怎樣的男生交往呢？

我長得不算帥，但最少乾淨衛生；我不算有錢，但最少有腳踏車；我不算會讀書，但最少讀不錯的高中；我平時無不良嗜好，因為我根本沒有嗜好；我人緣還算不錯，死黨有很多——

可是沒交過女朋友。

為什麼會這樣？

這個問題似乎就算請宇宙主宰替我解答，也不會有答案。

不過，雖然我很不想承認，但其實答案一直擺在我的心中。

原因很簡單，因為我的名字叫李狂龍。

我爸說這名字是李小龍的加強版，我說他其實是個智障。

還有另外一個原因，就是我有五位姊姊。

至於這兩個原因到底哪個影響比較大，我只想說他馬的不要問，答案不管是哪個我都承受不了。

聽說處男到三十歲會轉職成魔法師，我還差十三年就會達成這項史詩級成就。還聽說有一個男人到一百歲都是處男，後來轉職成玄武大帝，電視裡都叫他張三丰，我不想跟他一樣。

「我到底該怎麼辦？」我額頭頂在課桌上。

坐在我對面的是我的同學，他推推斯文的眼鏡，自以為睿智地笑道：「我們可是競爭關係，我教你怎麼做，等於扼殺了我獲勝的機會，哼哼，我有那麼蠢嗎？你註定要當我小弟。」

「你是智障嗎？我自己就是處男還會請教另一個處男，當我頭殼壞掉嗎？」我保持額頭抵桌面的姿勢，「我們應該通力合作才對，而不是互相扯後腿吧，距離那場賭局已經兩個月了，你有啥進展嗎？」

沒錯，我和他在兩個月前的一次聚會立下賭約，誰先交到女朋友，誰就能隨意使喚沒女朋友的人直到高中畢業。

我想我那天一定是喝太多酒了，才會神智不清……等等，我前面有說我無不良嗐好嗎？那一定是個誤會。

我的對手其實非常可怕。

他叫王雲逸，一個帥到爆的名字，這種武俠小說才會出現的人名，更是突顯出與眾不同的特殊氣質，平時他不愛說話，只是默默看著自己的書，對所有人包括女生都是淡淡的，然後推推自己的無框眼鏡，輕描淡寫地說話。

其實我知道，女生就是愛這種調調，外加他每次考試都是學年前幾名，擁有「會讀書的好學生」靈氣，更是讓我離小弟的身分更進一步。

「沒有進展。」在雲逸的厚實嗓音中我聽不到一點憂慮，「目前我還在物色，既然要追求女性，我希望能夠找到長期交往的對象，所以……還在統計資料的階段。」

「統計資料……」我翻了白眼。

「對，給你看幾個我資料庫的資料算了，你都已經說要互相幫助，我也不該領先你太多。」他從抽屜取出一臺平板電腦，「請看，這是適合我們這種等級男性追求的頁面。」

「你真的是沙文主義的極致，超級沙文豬一條，居然物化女性到這種程度——！」我挺起身子，故意高聲大喊，就是要趁中午吃飯時間讓班上所有女生都聽見，「王雲逸，你將所有女生都打上分數，莫非是瞧不起女性？」

「那就算了，我真心相對，沒想到你還要破壞我的名聲。」

雲逸也不是很在意自己的名聲被破壞，只是打算收起平板電腦，而我早先一步抓住他的手。

現在可不是維護女權的時候，而且我剛剛那一喊，在中午人多嘴雜的時刻根本起不了什麼效果。

「放開……」

他冷冷瞪了我一眼。

「讓我看幾眼就好。」我放手，雙手合十，「看在我上高中之後，向女生告白十七次，被打槍十八次的慘痛經歷上，給我一點機會。」

「為何告白十七次，會被拒絕十八次？」

「喔，因為其中有一個，我不小心忘記自己已經告白過，所以又再告白一次，於是她當場連說『不要，我討厭你』兩次，算是買一送一這樣。」

「你真的很悲慘。」

「我知道，所以我需要幫助。」

「我幫不了你，能幫助你的大概只有姊姊了。」

「姊姊？我家那五位？」

雲逸高深莫測地點點頭，不管我驚疑的眼神，開口：「我是獨生子，關於男女之事沒人可以詢問，可是你得天獨厚，有五位姊姊，隨便找一位來問問，保證比求我有用。」

「我拒絕，我不想解釋，反正不可以。」我抬起手，一個禁止通行的手勢。

「這下換我不懂了，你姊姊對你很苛刻嗎？」雲逸用修長的手指梳過自己的中分頭，發表了疑問。

「對我非常好……非常好……」

我相信此刻我的表情就跟吃到屎差不多。

「嗯，姊姊很欣慰。」

在教室窗戶外，忽然冒出一顆頭，我根本連看都不用看，光是聽就知道來者何人，我猶如驚弓之鳥，趕快從自己抽屜拿出剛剛買的肉鬆麵包，連塑膠袋都沒拆，就先咬一口再說。

「五姊，我有午餐了，我吃飽了……我過得很好。」

這就是位子太差的緣故，我們班有四十二位同學，我和雲逸剛好被分配在離講臺最遠的左後方，一前一後，就在窗戶和後門旁邊，所以常常會被奇怪的物體嚇到。

「學姊，位子給妳坐。」

雲逸彷彿紳士般讓出座位，無視我雙眼噴射出的求救訊號。

五姊顯然有點不好意思，她手上捧著兩盒有熊貓圖案的便當盒，禮貌客氣地問：「學弟，再拉張椅子一起吃吧，我準備了很多。」

「喔不了，我剛剛已經吃飽，老師那邊和我有約，我剛好要過去。」

雲逸一臉正經地扯謊，他根本是打算去合作社吃中餐。

可惡，我居然連逃跑的機會都沒有。

五姊點點頭表示謝意，一手壓在裙襬，斜斜地坐在雲逸的位子上，將便當放在課桌，像是現寶一般把便當盒打開，還順便發出「鏘鏘」的可愛音效，最後從我嘴裡拿出沒拆封的肉鬆麵包。

「吃這個不營養。」

「五姊，我有很重要的事想說。」

「有什麼事比吃飯重要呢？」

五姊用握柄處有熊貓圖案的叉子，從便當裡叉一塊紅燒肉，然後放在我嘴邊。

「……」

我不知道該怎麼辦，一瞄雲逸，他已經三步併作兩步離開。

「今天，我特地準備你愛吃的，來~張嘴。」

「我們不能再這樣下去了……真的。」

該是要攤牌面對的時候了，我已經忍受好幾年的時光，真的不想再忍。

「怎麼了？」

五姊沒收回叉子，還是笑臉盈盈地等我咬。

「以後中餐時間就不要過來了，妳有妳的同學，我也有我的同學，國小、國中都跑來餵我吃午餐，我很感激，可是……現在我們都要成年了，再這樣下去……真的不太好吧。」

我一股腦將想說的話說完，以前我並不是沒有反應過，只是這次比較直接。

我連看都不敢看五姊，接過她手中的叉子，自己吃起便當。

忽然覺得，這短短幾秒鐘，只夠我咀嚼幾口的時間，實在漫長到有點過分……有點令人害怕。

「你覺得……姊姊讓你丟臉了，對不對？」

我猛然抬頭，叉子還含在嘴裡，愣愣地看著只大我一歲，卻從小照顧我長大的姊姊。

她緊緊抿起了唇，緊到兩片唇都有些發白，原本淨白細緻的臉蛋揚起激動的血色，長長的睫毛和大大的眼睛眨呀眨，全身開始微微地發顫，連在她頭髮上的熊貓髮夾都快要沿她的髮絲墜落。

「五姊，我真的不是這個意思，畢竟我們長大了嘛，也應該交交男朋友或是女朋友了，如果我們天天待在一起，那別人一定會誤解，這樣對妳也不好……是不是……幹，不會吧……」

來不及了，我一句話還沒說完，五姊眼尾的淚珠就掉落在她的裙襬上。

「龍龍，是姊姊對不起你……可是我真的忍不、忍不住……我們一個上午要分別五個小時……真的太久太久了……」

依我長年對五姊的瞭解，一開始是細聲啜泣，再來就是要號啕大哭，因此班上同學的注意力也漸漸匯集在我們身上。

我可以當一個爛人，但實在是背負不起惹姊姊痛哭的罪名。

「姊姊已經很退讓了……已經很不盡責了……我應該每節下課、每五十分鐘來照顧你一次……是姊姊還不夠好……對、對不起……」

我現在下跪認錯還來得及嗎？

明明我就知道會有這種反應，為何還要說出這種不可能的要求呢？

現在五姊每節下課都要來，別說是想交女朋友，我連自由的空氣都呼吸不到了。

「對不起，五姊……是我一時失心瘋才會說出這種沒良心的話，妳就別哭了。」

我從雲逸的抽屜裡拿出一包衛生紙，「我道歉，我以後不會再說了。」

五姊沒接過衛生紙，只是繼續哭哭啼啼：「是、是真的嗎？」

「真的、真的。」

因為太真了所以我要說兩次。

「姊姊不會讓你丟臉了嗎……不會了嗎？」

「怎麼可能，妳功課好又漂亮，最好每天都來找我啊，求之不得。」

如果說謊要割舌頭，那我大概要被割掉好幾百條了。

「那、那你替姊姊……把眼淚擦掉……我們姊弟就算和好了。」

「……」

「快一點……你同學都在看。」

妳也知道很多人在看啊啊啊啊啊啊啊啊！

五姊將身子前傾，恰巧胸部就擺在雲逸的桌上，把臉湊向我，一雙眼睛緊緊閉上，看得出來她也覺得很害羞，上彎的兩排睫毛微微顫抖。

此事難以善了，再僵持下去我更會難以善終。

趕緊抽出幾張衛生紙替五姊擦掉眼尾的淚珠，當然還有左右臉頰上的兩條淚痕。

這樣她就高興了。

「謝謝弟弟，呵。」

她伸過手來摸摸我的頭髮，就像是我們小時候一樣。可是我一點都不高興，我根本不敢回頭去看同學們看我的眼神。

傳說中有一種男人叫「媽寶」，是最被女生瞧不起，就算再帥再會讀書，只要是媽寶往往就會瞬間出局。

我能理解，換作我是女生，我也無法接受什麼都要靠媽媽的男人。

不過我不是媽寶……

是更厲害的——

「姊寶」。

放學，回家。

因為五姊已經高三要面臨大考，所以被強迫留校晚自習。

這真的是學校最偉大的一項政策，能讓考生專心讀書，避免校外世界的種種誘惑。

再怎麼說，高三生最重要的就是考上一間好大學，心無罣礙地認真於課業才對，什麼要陪弟弟回家、什麼要幫弟弟準備晚餐，都只是浮雲而已！

「四姊、五姊，妳們還是認真讀書吧，哈哈哈哈哈。」

我得意洋洋地走出校門，腦袋已經勾勒出等等回家的路徑上是否有什麼樂子可玩，雲逸也跟在我後面，馬上就被我發現。

「幹麼跟蹤我？」

「一起走出校門，哪有跟蹤你的問題。」

他將書包拎在手上，另一隻手習慣性地梳頭。

「那我們去打網咖吧，包兩個小時再回家。」

「不怕姊姊？」

「拜託，我堂堂七尺男兒，會怕家裡幾個女人？」

「佩服你的勇氣，可是我有約了。」

雲逸拒絕了我不稀奇，本來他就是數一數二的難約，可是他最後一說「我有約了」，讓我腦袋內建的雷達搜尋到了不尋常之處。

雲逸這個宅男，一天的所在位置只有三種——教室、補習班教室、自己房間——哪可能有什麼約？

該不會是……

「網路上跟人約好要打副本嗎？」

一定是這樣，宅男就該有宅男的樣子，就算有約也應該是二次元，跟三次元一點屁關係都沒有才對。

「不是，映河高職廣設科的學生有聯誼，等等要一起吃飯。」

映河高職，在我們學校不遠處，是全國商科前三志願，男女比例一比九，每一個女生聽說都正到令人神魂顛倒，制服是淺藍色襯衫配上超短窄裙。

這是在開什麼玩笑！

雲逸已經宅到腦袋出現錯亂，將美少女養成遊戲的劇情投射到現實生活了嗎？

「走吧，打幾場LOL就回家吧。」我流露出一股憐憫。

「我沒時間了，先告辭。」

他轉身要走。

而我，身為他的好朋友，有義務要打碎他的妄想。

「雲逸，映河高職是沒有廣告設計科的……你知道嗎？」

他回頭微微一愣，連忙從書包內拿出手機，在螢幕上點呀點。

這模樣真的有幾分淒涼，就像是吃不起便當的孤苦老人，在便當店裡掏著口袋卻永遠找不到五十元那樣。

不久，雲逸納悶道：「咦？不是廣設科，我記錯了，是資處科。」

我揮揮手要他過來，柔聲道：「走吧，LOL裡面也有阿璃陪你吃飯。」

雲逸不耐煩地走過來，將手機螢幕亮在我面前，沒有多說第二句話，因為有圖有真相，一切盡在不言中。

我看見的是身穿映河高職制服自拍的正妹，事實就是事實，就算我已經合不攏嘴。

「我肚子也剛好有點飢餓，能否……」

「滿了，三男三女都確定了，你說得太晚。」

「這種事怎麼不通知小弟一聲，未免太見外了。」

「別忘記我們之間的賭約，我怎麼可能會幫助你。」

「……」

「那再見了。」

「……」

告別後，雲逸就離開了，獨留我在學校大門凝視他漸行漸遠的身影，照理來說他走得越遠，映入我眼簾的雲逸就會變得越小，可是沒有……他一下子就變得好巨大，巨大到像是我大哥那樣。

難道賭約的勝負已經決定？

我趕緊猛力搖頭，將負面情緒甩出去。

「越級打怪是沒有好下場的……」

我酸溜溜地說，在學生幾乎走光的校門前，這句話也只有我聽見。

原本想去網咖，可是現在全然沒有廝殺的心情，只好慢慢地走去公車站牌搭車回家。

其實，用我自己的電腦打ＬＯＬ也沒有問題，並不是一定要花個幾十塊在網咖玩，可是那種有人與你並肩嘴砲的感覺，卻不是冷冰冰螢幕內的隊友可以取代。

我有一點後悔跟雲逸打這個賭，如果不是賭約刺激到他，現在也許我們是在前往網咖的路上吧。

有些人真是激不得，譬如說雲逸。

坐在公車的後方座位，整臺公車還有半滿的學生，當然也有映河高職的女生。

我偷偷望向她們，總覺得她們身上有一種光芒，一種只能遠觀不可褻玩的光芒。

要怎麼樣的男生才配得上她們呢？

我真的不明白。

好險一路上都沒被她們發現我好奇的觀察眼神，四位女學生嘰嘰喳喳、打打鬧鬧，在我腦海中留下一幅青春活潑的動人畫面後就下車了。

下一站，我也下車。

走了不遠就到家。

原本還打算趁四姊、五姊在學校晚自習，好好給他玩到九點，只要在她們到家前回家就好，不過現在一想到雲逸正在三對三的聯誼，用他的樣貌氣度吸引映河高職的女生，而我卻在打電動……就感到很悲傷。

掏出鑰匙開門，我將掛在肩膀的書包卸下，還在脫鞋子，就發現家裡的鞋櫃上掛著一條胸罩。

這種東西我家太多了，只是會出現在鞋櫃上有點不太正常。

我不太想碰，於是隔著一點距離觀察。

「嗯，這大小，不是三姊跟五姊，這顏色是大姊跟四姊喜歡的，這牌子據我所知只有大姊和三姊會買，至於丟在鞋櫃這種豪邁性格，我估計只有大姊幹得出來。」

像偵探一般喃喃自語，然後領會到大姊正在家裡，我的身體突然就像是被驚嚇的貓，整個縮起來，寒毛一點一點豎起。

絕對要放慢腳步、絕對不可以出一點聲音，我躡手躡腳放好球鞋，用無聲的腳步走向我的房間，這段路忽然變得漫長。

我家其實不大，標準的四房兩廳結構。

大門一進來是客廳，再深入是走廊和餐廳，左手邊有三道門三個房間，分別是二姊、三姊睡第一間，大姊、四姊睡第二間，五姊和我睡第三間，右手邊唯一的主臥室原本是爸爸的房間，可是他常常不在家，所以被大姊無情地徵收了。

我家是母權社會，就算爸爸偶爾回家，見自己的房間被占領也不敢吭聲，枕頭和棉被抱著要去跟四姊睡，結果四姊高喊「變態和鬼父」，就將可憐的爸爸趕去客廳沙發睡。

如此懦弱的男人，所生下來的男人也註定是懦弱的，什麼狗屁李狂龍，我簡直比條蟲還不如，十七歲的男生居然還跟姊姊一起睡，這像話嗎？

我邊搖頭邊走近房門邊，最後確認主臥室門底傳來的暈黃色光芒，大姊應該是沒發現我回家。

進到房間，我一如往常地嘆口氣，像是某種戒不掉的習慣。

我的房間，是一片黑白色——

熊貓窗簾、熊貓桌椅、熊貓海報、熊貓壁紙、熊貓衣櫃、熊貓枕頭、熊貓床罩、熊貓棉被……甚至連我的電腦螢幕四周都黏滿熊貓貼紙。

電腦桌面原本是我的偶像周杰倫先生，結果在五姊的抗議之下，雙方僵持妥協後，才換成周杰倫導演加主演的熊貓人。

對，沒錯，還是這條該死的畜生！

大概從國小、五姊瘋狂愛上熊貓開始，我就再也沒找過任何朋友到家裡玩了。

坦白說，熊貓其實還算可愛，可是當數量出現太多，其中還有不少很女性化的娘砲熊貓玩偶，占據我整個床頭加所有櫃子時，我真的沒有辦法邀請同學，然後告訴他們這是我的房間。

「唉……希望能跟五姊商量一下，換房間的事情。」

我一邊碎碎念，一邊隨手開了電腦。

一般的高中男生，放學沒事就是和女友交流或者是打電動，因為我沒有女朋友的關係，所以我只能打電動，連結上網路……

「等、一、等！」

姊姊現在不在啊，高中男生還有「第三種事情」可以做啊。

我握住滑鼠，打開我的電腦D槽、打開李狂龍的課業資料夾、再打開高二課程講義資料夾、再打開歷史專題資料夾、再打開日本史資料夾、再打開日本近代史資料夾、再打開日本影視史學資料夾……

最後點開名為「波多野結衣」的資料夾。

這一切的漫長等待都有了回報。

「波多野醬，我來了。」

這個混亂的世界彷彿得到寧靜，我拿起放在五姊書桌上的熊貓面紙盒，準備進入感官的特殊空間——

波多野的一顰一笑。

我專注其中，可是眼角餘光卻瞄到旁邊的熊貓玩偶。

波多野的一舉一動。

我痴痴凝望，可是雙眼總是會被印在書桌上的熊貓拉走。

波多野的迷人演技。

我無法自拔，可是電腦螢幕上的熊貓貼紙似乎在對我笑。

波多野開始出現黑白相間的膚色，漸漸地讓我產生錯亂，莫名的罪惡感爬滿我的身體，慌亂的內疚感進入我的大腦，就像是我對著五姊的熊貓在幹些不可見人的壞事。

慢慢的，連影片裡的性感女人，在我看來都變成熊貓了……

「馬的！」我將衛生紙盒扔在螢幕上，慘澹道：「再這樣下去，我註定要性功能障礙了。」

這個問題一直都在，只是直到今天，當房間只有我一個人的時候，我猶如被幾百隻眼睛給監視，那眼睛好美好透徹，長長的眼睫毛眨呀眨……就像是五姊的雙眼。

「太恐怖了！」

赫然驚覺現在事情有一點大條，我必須要馬上告訴大姊，讓我跟她換房間，我去睡主臥室，大姊來跟五姊睡。

對，一定要這樣，大姊如果問我原因，我就告訴她，我連看色情影片都會想到熊貓，再這樣下去我看見所有女性都會統統變成熊貓，根本沒辦法傳宗接代了，這太嚴重了，我可是李家的一脈單傳啊！

事不宜遲，我立刻關掉影片，走到主臥室，一把打開大姊的房門。
在鼻子嗅著有夠臭的酒味，外加看大姊半裸身子的艱險情況下，我毅然決然地開口——
「大姊，我可以跟妳換房間嗎？我真的受不了那堆熊貓了。」
「……嗯？」
大姊像是剛醒，大剌剌地拉了拉內褲邊。
「我想跟妳換房間，拜託……」
我準備繼續懇求，可是大姊說話了……
「不要、走開、關門、現在。」
如果這世界真的有看不見的「霸氣」，我想一定是現在撲面而來的恐怖氣勢吧？
我怎麼會傻到吵醒大姊呢？要自殺不是有很多方法嗎？為何我偏偏選擇最痛苦的一種呢？難道是熊貓影響了我？
長姊如母，是這個家擁有絕對權力的存在。
我關上大姊的房門，心臟還在亂七八糟地抖動。
拖著痠軟的雙腿，重新走回滿是熊貓的地獄。

渾身無力地躺在我的床上，還在調節急促的呼吸。

此時。

一通電話響起。

在我的黑白色地獄裡，帶來一點光亮的希望。

「喂，請問是李狂龍同學嗎？」

「對……請問妳是？」

「我是徐心夢。」

「喔喔，我知道。」

「很抱歉打電話給你，因為我們分組報告是在同一組，你還記得嗎？」

「靠北……我統統忘……統統記得，我還記得。」

「距離分組上臺報告只剩幾天了，所以我們這幾天要努力趕工一下。」

「一定、一定，我該負責什麼工作？」

「嗯……在電話裡說不清楚，不然明天上學的時候，約個時間討論，可以嗎？」

「好……」

「好的，那明天見吧。」

這是不是第一次有女同學打電話給我？我不太確定。

剛開始我甚至覺得是惡作劇電話，不過又想到在美術課上，老師的確有抽籤分組，只是那時候我是在看漫畫還是玩手機，或者是用手機看●漫……我不記得了，反正美術課向來是用來打混的。

在教室裡，我看見了徐心夢，這才漸漸比較有真實的感覺。

徐心夢，大家都叫她小夢，有著洋娃娃般的臉蛋和嬌小可是比例很好的身材，每天都充滿朝氣，似乎自帶一顆太陽在身上發光，連略顯老式的妹妹頭，在我看來都充滿光彩，一樣是女高中制服，但在她穿來總是有一股莫名的清新。

像這樣的女孩子，又是同班同學，難道我還沒跟她告白過？怎麼會漏掉她呢？

老師在講臺上上課，我的頭是面向黑板沒錯，可是雙眼卻聚焦在小夢身上，關於這個忽然打電話給我的女孩子，我感到非常好奇。

下課鐘聲一響，老師準時地喊下課，我沒有像其他人一樣，如脫韁野馬般往教室外衝，我持續在觀察小夢，等到她也從位子上站起來，笑嘻嘻地與班上另一位女同學走出教室。

我忽然懂了，靈光瞬間一閃的那種懂。

小夢原來是楊文泱的手帕交啊！

難怪我對小夢的印象很淺，原來是因為腦袋裡的某種保護機制，讓我自動自發去閃躲有關楊文泱的一切，包括她的好朋友也是一樣。

楊文泱的外號相較常人實在太多了，多到我都不想去數，因為這個女人太可怕了，非常恐怖的S屬性，身上像是長滿了金屬光澤的刺，誰敢靠近就要有受傷的覺悟。

有關她的傳說很多，包括她哥哥是棒球校隊的主力戰將，聽說和不良少年只有一線之隔，在校外曾持球棒和十幾位混混幹架，還大獲全勝！

高一的時候我不知道，為楊文泱如公主般高高在上的臉蛋和氣質折服，所以精心準備了一枝玫瑰和一封情書，打算挑放學之後的一點時間告白。

我還記得當時的情況，畢竟那記憶太慘痛——

「嘴巴張開。」

楊文泱在接過我的心意後說。

我張開嘴，是要接吻嗎？我有點害羞。

「再張大一點，張到最大。」

我努力擴張嘴巴，旋即想到接吻不應該是這樣。

困惑之間，一朵玫瑰花塞進我的嘴巴裡，再下一個困惑之間，被折成圓筒狀的情書也被塞進我的嘴巴裡。

「垃圾就應該塞在垃圾桶裡。」

她扔下這句話轉頭就離開，在我的瞳孔上留下高傲的身影、在我的心裡留下不可抹去的傷害，可是我居然一點怒意都沒有，彷彿楊文泱就該這樣羞辱我，這是她的天命，而被欺負就是我的責任。

那個晚上我還記得，我躲在五姊的懷裡哭了整夜。

「發什麼呆？」

座位在我身後的雲逸搭我的肩，將我的思緒從痛苦回憶中抽離。

「我發的不是呆，而是對過去的緬懷。」

「到底是什麼事？」

「黯然神傷，就不值得再提了。」

「你的，黯然，有包括，無止盡的神傷，嗎？」

「我們，可以停止，這種假掰文青的，對話嗎？」

「喔，中午你姊姊會來嗎？要不要一起去合作社吃飯？」恢復正常的雲逸邀約。

今天早上和四姊、五姊一同出門上課，的確是看見五姊手上有提便當盒，我有點無奈地說：「我們去合作社吃吧。」

「那走吧。」

我拿出放在書包的百元小鈔，準備要騙五姊我去找老師談話，沒想到和雲逸一走出教室後門，就有人叫住我，不對……

是兩個人同時叫住我。

「龍龍。」

「狂龍同學。」

分別從一左一右而來，左右夾擊迫使我雙腿釘在地面。

左邊是手上拿著便當的小夢。

右邊是手上拿著便當的五姊。

前面是雲……算了，現在他已經不重要了。

「要一起吃午餐，順便談談分組的事？」

小夢純真無邪的表情，就算是邀約我到化糞池裡吃便當，我大概也會去吧？

「五姊。」我接過她手上的其中一個便當，「我和同學有很重要的分組報告要討論一下，可能攸關到推薦甄試的在校成績，所以今天就不和妳吃午餐了。」

「……嗯。」五姊臉上閃過一絲疑惑，「可是可以三個……」

「謝謝五姊的便當。」

我誠懇地笑了笑，雙手按在她的雙肩，轉個三百六十五度，將五姊就地遣返回三年級教室。

雲逸也知道自己該退場了，二話不說連再見都沒講，就自動自發去合作社吃午餐，不愧是我的死黨，腦袋始終保持著清醒，行為也夠君子，沒有扯我後腿。

於是，我和小夢一人一個便當，一同走到操場旁的草地，那裡有幾張無人的木製長椅。

在吃飯的過程中，我真的不知道該說些什麼，不是和女生相處緊張的關係，而是我真的不知道該說什麼，關於美術課的分組報告，我完全不記得內容，如果閒聊些日常生活，我又根本和小夢不熟，難道要跟她聊ＬＯＬ或波多野結衣？

好險，小夢沒讓氣氛尷尬太久。

她一邊秀氣地吃飯、一邊說了大致上的報告流程。

我從言語之間才推敲出來，美術老師用抽籤的方式找出班上一男一女配對，兩人一組協力作業，用相機替彼此拍下人物照，當然中間有美學上的應用，反正這次報告沒有主題，不管任何背景、場地、姿勢、服裝統統都可以，但是要有「理由」，而且要上臺報告。

簡單地說，這不是隨便按下快門就能交差了事的報告。

我從小夢的眉眼間看得出來她對這個作業的重視，這下子真的是非常糟糕，美術方面我可是一竅不通，萬一拉低分數……那不是糗大了？

坦白才是正解，這時候逞強說自己多厲害，只是在將來更丟臉。

「其實……我根本不懂攝影，上課我也都在偷懶打混。」

我不好意思地搓搓頭髮。

「我知道，別擔心。」小夢依然是恬靜地點點頭，「所以老師才要我們合作。」

她一點嫌棄我的意思都沒有，真的是有夠隨和的女生，我在心中感嘆。

「明天……最晚是後天，我會將照片的構圖和幾個我覺得不錯的景點給你看看，等決定好我們要拍的內容以後，就可以在這個週末去拍攝。」

小夢出乎意料之外，擁有和童顏外表絕對不相符的成熟與睿智，那特殊的反差感讓我好想多認識她一點。

「你便當的雞塊不吃嗎？」

突然間，小夢望著我問。

這時我才驚覺，五姊替我做的便當我幾乎沒吃多少。

「還好，不太餓。」

「嗯，那可以給我嗎？」

「……可以。」

小夢毫不客氣地將筷子伸進我的便當盒中，然後將雞塊放進她小巧殷紅的嘴巴裡。

「妳沒吃飽？」我愣愣地問。

她淺淺一笑，用手捂住嘴巴：「不是，是你的便當看起來好好吃喔。」

「是嗎？」

我倒覺得和平時差不多。

「實際吃起來也好吃，一定要花很多時間弄吧？」

「可能吧。」

說到這裡，我還真的不知道，五姊到底是用哪些時間來替我準備便當的，一年大概要上學兩百多天，那就是兩百多個便當了……

小夢和我聊了一些瑣事，她問，我回答，這樣一來一往，原本我們之間的尷尬也漸漸稀釋，她對我的認識多了幾分，而我也更瞭解徐心夢這位同班同學。

她說到一半，話鋒突然一轉，連語調都稍稍下沉了些。

「我想……我們應該能當朋友吧。」

「嗯？」我有點詫異。

「我在班上，除了文泱以外，沒有什麼朋友。」小夢嘴巴雖然是這樣講，可是神情並沒有多少苦澀，「原本在抽籤的時候，我真的真的很擔心，萬一抽到一個討厭我的同學怎麼辦？」

「我也是……」

我附和，但其實抽到誰對我都沒差。

「後來好險是抽到狂龍同學欸。」小夢漾起了光芒四射的笑容，「反正你也沒什麼朋友嘛。」

「……」

我終於知道為什麼小夢會沒有太多朋友了。

「而且李狂龍這種名字聽起來就是要孤獨一輩子的感覺。」

「……」

「真高興認識你。」小夢將已經吃光的便當闔上，用面紙擦了擦手，然後朝我伸過來，「握個手吧。」

「握手？」

我抬起左手，卻有幾分呆滯。

小夢也不介意，逕自握住我的手，然後上下擺動，臉上的笑像是溢出的蜂蜜，甜到讓我血壓升高。

原來女生的手是如此柔軟。

「那明天再一起吃飯吧。」

我的腦袋裡還在嗡嗡作響，直到小夢放開我的手，將垃圾打包好，和我說再見，並且約定明天一起吃飯……我的腦袋都只有嗡嗡的聲音，然後嘴巴只有嘴角揚起的傻笑。

連再見都忘記跟她說，前所未有的失態。

一整天，我都好像在飛。

直到雲逸提醒下課鐘已經響起，我才知道原來第八節課已經結束，大家都在整理書包回家。

我隨口問了一句，昨天和映河妹的聯誼好玩嗎？

沒想到一向比較寡言的雲逸，像是打開了隱藏許久的話匣子，一路滔滔不絕地和我分享那天的際遇，擺明就是要讓我嫉妒而死的手段。

雖然見到他這麼高興是很難得的事，可是嘴巴上也不能讓他太猖狂，於是我依然用嘴砲的方式回擊幾句，「對方只是玩玩而已」、「根本不會有下次」、「人家知道你是臭宅男就不會聯絡」，當然雲逸也會酸我幾句反擊。

我們一邊從教室走到校門外，言語上雖然還是互相攻擊，可是我們在攻擊之間還是約好要一起去網咖打打電動，包個三小時才要回家。

在虛擬世界裡廝殺的過程都差不多，每次從網咖出來還會聊聊剛剛戰鬥的過程，可是大概到明天睡醒，那些記憶就會平淡到記不得了，速食的娛樂、速食的快樂，就只是打發時間。

回到家，已經九點多了。

晚自習的四姊、五姊也都回家了。

我一打開家門，眼皮就開始狂跳，從黑暗無人的客廳深處傳來森然的氣息，這個時間點，除了二姊之外，所有姊姊都在家了，家裡應該不會有小偷闖空門之類的事情發生才對。

打開客廳的燈，讓光亮沖淡一點黑暗，我脫下穿了整天的球鞋，卸下沉重的書包，走進家裡。

不出我所料，三姊待在自己房間內，我看著門縫透出的光，悄悄鬆一口氣；再走到四姊的房門前，裡頭傳來四姊播音樂的聲音，最後走到我的房門前，望了大姊房間一眼，沒有任何動靜，恐怕又喝醉睡死了。

原來我的眼皮白跳一場，家裡平安又正常嘛。

我轉開喇叭鎖，走進我和五姊的房間。

才剛剛抬頭，那無邊無盡的殺意，已經讓我起了整身雞皮疙瘩——

大姊雙手抱胸，盤腿坐在我的床上，身上一件特大號的圓領長版背心一路遮到大腿，上頭印著一顆猖狂凶惡的死人骨頭，給我帶來非常重的既視感，似乎跟大姊周身散發出來的殺念一樣。

我到底做錯什麼？

因為家長無能，所以我們家向來是採取放羊吃草主義，就算今天比較晚回家，可是也沒必要殺氣蒸騰啊。

我眼皮一抬，看見五姊正躲在大姊背後，拿著化學週期表在背。

說真的，妳也未免太假了吧。

「我有沒有說過，你還太小，所以不准交女朋友？」

如果替大姊雙眼加裝死光射線的話，此刻的我大概要血濺五步了。

我溫馴得像條吉娃娃，連忙雙手揮動，「沒有啊，我哪有交女朋友。」

「哼哼，現在已經敢對我說謊了嗎？」

大姊冷冷一笑，將自己如白瀑般的長髮分成兩邊，繞過左肩和右肩擺在胸前，稍稍遮住那顆死人骨頭。

「沒有，絕對沒有，大姊明察，小弟是被奸人所害啊。」

我喊冤，一說到奸人兩個字，五姊的肩膀便縮了縮。

「還敢說沒有，香玲已經將今天學校午餐時間的事情告訴我了！」

「大姊……妳不是說要替人家保守祕密，幹麼說出來啦！」

五姊手上的元素表一扔，躺平在我床上。

沒錯，李香玲就是我五姊的全名，可恨，她居然背後捅我一刀。

「完全是誤會一場，我只是和同學討論分組報告而已。」

我穩定心神，故作鎮定，眼下是生死關頭，若流露出一絲破綻，後果不堪設想。

過往的回憶開始洶湧而起，我如此提高警戒並不是沒有原因。

我十幾年的人生當中，當然是有向女生告白失敗的例子，但是大部分也要「歸功」於我的姊姊們用各種手段扯我後腿，而且絕對是超乎人類想像的極端。

大姊叫李皇玲，她也不辜負自己的名字，渾身皇霸之氣四射，徐徐開口：「高中生就應該要以課業為重，以後大姊老了，還要靠你養呢……交女朋友這種無聊事，等到三十五歲都還來得及啊。」

「……」

三十五歲，我手腳發冷。

「大姊，不可以這樣！」

和我最親的五姊果然也看不下去，立刻為我抗議了，我凍結的心，終於感受到一點溫暖。

「龍龍有五個姊姊，交不交女朋友根本沒差才對啊，絕對不可以逼他三十五歲就去外面找女人！」

我錯了，對不起，我都忘記五姊的瘋癲程度不亞於其他姊姊。

大姊摸摸沒有鬍子的下巴，沉吟道：「五妹說的也是，我們家好不容易出個男丁，怎麼可以被外人用去。」

「大姊……我和同學吃午餐，純粹是為了成績著想。」

這時，我應該順便滑落幾滴眼淚才對，可是我擠不出來啊。

「這個嘛，我覺得還是必須跟金玲討論一下才對。」

大姊高高在上的神情，意外地有些不忍。

原因很簡單，李金玲就是我四姊，如果大姊是明成祖，四姊就是東廠，如果大姊是賓拉登，四姊就是蓋達組織，如果大姊是AK47，四姊就是中間型威力子彈，如果大姊是藍波，四姊就是藍波刀啊！

四姊向來是大姊堅定的信仰者與支持者……

「不用麻煩到四姊了，我一定會拋下兒女私情，專注在課業之上。」我踏出堅定的步伐，走到大姊面前，單膝跪落，捧起她纖細的手掌，「大姊請相信我一次好嗎？大姊……我是如此敬愛妳。」

「過來……」大姊張開雙手，欣慰地笑笑，「讓大姊抱抱。」

靠北啊，我今年十七歲欸，不要把我當小孩子好不好？我也是有矜持的啊！

「嗯？」

大姊眉頭稍稍一皺。

明明就大我幾歲而已，這老成的習慣真的很不正常。

可是沒辦法了，男子漢大丈夫能屈能伸，為了不驚動四姊，我也只能夠妥協。

大姊盤腿在床上，我單膝跪在地上，身體往前一傾，緊緊地抱住大姊，因為高低落差的關係，我的臉剛好貼在大姊很扁平的胸部上，況且她在家又不愛穿內衣，所以感覺又更平了一點。

就像是抱幼稚園的小弟弟般，大姊雙手撫摸我的後背，下巴磨蹭我的頭髮，大概擁抱了整整三分鐘，她才甘願放我一馬。

「好吧，這件事，大姊會斟酌。」大姊在我脖子上聞了幾下，輕輕拍打我的臉頰，「看你臭死人，快點去洗澡準備睡覺。」

如釋重負，我終於放下心中一塊大石，用最快的速度拿衣服，只差沒喊一句「謝主隆恩、微臣告退」，飛也似的衝往浴室，就是怕大姊哪根神經不對又反悔，那我剛剛的委屈求全豈不是統統都泡湯。

在浴室裡，我迅速脫得光溜溜，面對洗手臺上的鏡子，露出劫後餘生的悽慘微笑，打開熱水讓白煙瀰漫整個空間，現在的我才得以真正的鬆懈，彷彿這裡是我最後的避風港。

沒有任何姊姊會出現的天堂。

「龍龍，你洗好了嗎？我也還沒洗。」

「要排隊喔，五姊。」

靠！居然跟大姊告狀到現在還沒洗澡，那妳活該排隊吧，五姊。

「可是我已經在裡面了，就一起洗，比較省時間。」

我用幾乎把頭甩斷的速度猛然回頭，五姊竟然已經突破浴室的門，摧殘掉我最後的天堂淨土！

五姊已經在解制服襯衫的鈕扣，連問都沒有問，登堂入浴室，簡直比流氓還流氓。

「妳、妳妳妳怎麼能這樣——？」

我雙手按住重點部位，無力地抗議。

「……」五姊臉色一暗，脫掉自己的襯衫，歉然道：「我不應該跟大姊打小報告……是五姊的錯，對不起嘛。」

沒人在跟妳討論這個好嗎？

不行了，五姊已經連內衣都脫掉，將所有姊姊中發育最好的胸部暴露在白色煙霧中，事情已經危急到不可挽回的程度，我只好大腿夾住毛巾，蹲在浴缸中用蓮蓬頭沖身體，打算速戰速決逃命。

可恨，明明上高中之後，大家就說好，洗澡不可以一起洗了，五姊居然還堂而皇之地破壞約定。

「讓五姊替你洗乾淨，當作賠罪好不好？」

她在問的時候，就已經在執行，其實我的回答根本就不重要嘛。

五姊將自己和我的髒衣服放進洗衣籃子裡，她向來是我們家裡最辛苦的一位，上學讀書之外，還要負責各種家事，忙裡忙外連假日都不能休息，用心照顧其他手足。

原本收拾髒衣服只是一個很小卻會讓我感謝的動作，可是五姊目前全裸的狀態，讓我的感謝頓時扭曲起來。

「五姊不是答應，到高中之後就不會一起洗了嗎？」

我嘴巴抱怨，同時將身體縮成貢丸一般。

五姊小心翼翼地爬入浴缸，辯解說：「可是，賠罪當然是不一樣的啊，我們先洗頭吧，眼睛閉上喔，要沖水了。」

「我們都是高中生了，這樣子不好吧。」

一邊說，我一邊還是乖乖地讓五姊的雙手在頭髮上搓揉。

「你一歲是我弟弟、五歲是我弟弟、十七歲是我弟弟，三十歲、四十歲、五十歲也都是我弟弟啊。」五姊的手指頭在我的頭皮上轉動按摩，「難道你會因為姊姊老了，就拋棄姊姊嗎？」

說拋棄什麼的，當然是不可能發生的事，可是我總覺得和目前的狀況，有一點

不太一樣吧……

五姊的雙手沿著我的後頸往下撫摸，一直摸到我的後背，才欣慰地笑：「弟弟果然長大好多，再幾年姊姊就抱不動你了。」

「……拜託，妳現在就抱不動了。」

「誰說的？」

「妳的肌肉都發育在胸部上了吧。」

五姊一巴掌打在我屁股，嗔道：「誰說的？我等等抱給你看。」

「算了，當我沒說。」

「不行，等等我一定要試試看。」

「不要啦，真的太丟臉了。」

「以前我抱你，你會很高興耶。」

「十年前的事，就不要再說了吧。」

「才沒有十年，大概三、四年前的事而已。」

洗澡的過程中，我和五姊就是這樣一來一往地講些根本沒有重點的垃圾話，很快我的上半身就已經非常乾淨，的確比我自己洗要來得潔白許多，可是我的底線最多就是這樣……

再「下去」就太危險了。

我稍稍轉過身，抓住五姊的手，她愣住沒有說話，而我奪過她手上的蓮蓬頭後，就站起來繼續背對她，隨便按了幾把浴缸旁的沐浴乳，打算下半身隨便洗一洗就算了。

「這樣不夠乾淨啦。」

五姊抗議，想搶回蓮蓬頭。

可是我用背擋住她的手，更加快速度隨便搓一搓，將泡沫沖掉就算是大功告成，之後用小得可憐的毛巾遮住重要部位，趕快逃離浴缸，不管五姊一連串的抱怨，強制結束這一場略帶尷尬的鬧劇。

還有。

等我要上床睡覺的時候，因為某人打小報告，大姊衝進我的房間，要證明我還小，她還能抱得動我，結果不小心摔在床上的糗事，我就不想再提了。

對我而言，姊姊永遠都是姊姊，就算抱不動我，也還是我姊姊。

我不太懂，為何這件事情讓她們有點緊張。

體育課，算是我少數喜歡的課。

體育老師年紀已經很大，所以他上課常常偷懶，先是帶同學做熱身操，操場跑個一圈，然後要體育股長去器材室借一箱籃球和十支羽毛球拍及羽毛球。

再來就是放牛吃草，男生自己去組隊打籃球，女生自己打羽毛球，然後體育老師就不知道躲去哪避暑了，反正要是出事，體育股長和班長都有他的手機號碼，打電話過去，他又會很神奇地出現。

所以其實我並不是特別喜歡體育，而是喜歡自由。

雖然我常常會下去打個幾場三對三鬥牛，可是更多的時間都是用來閒晃。

雲逸不愛體育，但是他也很喜歡體育課，尤其是能夠躲在校園的某個角落，做自己喜歡的事。

譬如說「觀察」。

他這種特殊嗜好，在上高二之後更加嚴重。

就有點像是鳥類觀察家，雲逸會尋找一個角度最好，卻又最不起眼的地方，然後一本筆記本、一支筆，全神貫注地觀察，在腦袋裡轉換成莫名其妙的數據以後，記錄在本子上。

當然……他有時候也會用素描的方式。

只是他的嗜好向來都是祕密。

因為他觀察的對象是……

女人。

當雲逸的嗜好被我發現，我當下的第一個想法，就是我要去報告教官，二年孝班李狂龍捕獲野生變態偷窺狂一隻，希望能換取小功乙支。

可是當我漸漸深入瞭解以後，我突然能夠理解他的說法。

雲逸說，女人這種生物，是全宇宙最奧妙、最不可解的，他希望能用一輩子的時間，去探索與觀察女人。

而且，這種行為絕對不是變態，觀察是種高深又高尚的行為，諸如社會觀察、動物觀察、生態觀察……等等，早就已經開宗立派，成為偉大的學問，他只不過是運氣比較差，喜歡觀察女人而已。

我反問，那怎麼不觀察男人？

只聽他不屑地說：「這麼噁心的生物……」

然後他看到我翻起白眼，又連忙解釋，觀察女人已經窮其一生了，實在沒有心力再觀察男人，所以只好將這個機會讓給其他觀察家。

他解釋了老半天，可我已經懶得聽一位變態偷窺狂解釋。

最後是他提供給我班上幾位女生的觀察資料，才讓我打消去報告教官的念頭。

不過，我之後使用他提供的資料，去追求那幾位女生，下場都非常慘烈，所以到底是不是雲逸挖洞給我跳，至今還是一個謎。

這節體育課，他的觀察對象是三年信班。

我們在術科教室的頂樓，雲逸正用望遠鏡觀察上課的諸位學姊們，這種行為也只有在體育課、走廊上沒人走動的時候有機會，要不然其實很容易被發現。

坐在某根不知用處的大水管上，我百般無聊地嘴巴叼著飲料，享受起此刻的徐徐涼風。

「和你的映河妹相處得怎樣？有進展嗎？」我需要探聽敵情。

「嗯……還不錯。」雲逸沒有分心回答，只是敷衍我，「現在常常用 Line 聯絡，彼此交換一些生活趣事。」

靠，他居然已經可以和女生長時間用網路聯絡，這可大大的不妙了。

以往他號稱女性句點王，跟異性講沒兩句，對方就說「我要洗澡了喔」、「有電話找我」、「太晚了我明天要上課」，這樣打發雲逸。

沒想到，現在可以聊生活趣事了！

隨後，我想到小夢，我跟她之間，真的除了美術課的分組報告外，沒有任何交集可以聊。

「她跟我一樣，都愛看一些書，聊聊一些讀書心得也滿好的。」他補充，提醒與我之間的差距。

「哼哼。」我冷笑，賊賊地說：「要是我告訴那位映河妹，你喜歡偷窺女性的變態行徑，我相信……你們差不多就到此為止了。」

「唉，那是世人不懂我。」他沒有產生半點焦慮，「況且，李狂龍也不是這種為了贏不擇手段的下賤小人吧？」

「……」

我沒說話，其實我連要怎麼聯絡那位映河妹都不知道。

雲逸雙手靠在圍欄邊，拿著望遠鏡感嘆：「這位是你四姊吧，嗯……雖然是雙胞胎，可是和你五姊一丁點都不像，女人真是神奇吶。」

我手上的飲料直接扔在他後腦上，不爽道：「別打我姊主意，你這個斯文敗類。」

「敗類在哪？」

頂樓的生鏽鐵門被推開，我們都還沒反應過來，就已經聽到有人發問。

我和雲逸四隻眼睛一同望向鐵門，來者不是最愛記過的教官，而是我們的同班同學，小夢。

面面相覷，三個人，因此還多兩隻眼睛。

雲逸心虛地收起望遠鏡和筆記本，假裝在遙望遠方飄來的幾片雲，搭配快日落的橘紅天空，儼然變成氣象觀察家。

「和我一樣，也不愛上體育課。」

小夢找了一處通風口坐下，雙腳擺盪。

「對了，我有一份需要補交的作業，差點忘記要交給老師。」斯文敗類邊說邊往鐵門移動，「那我先去，不然等等放學老師就走了。」

然後下一秒，敗類就奪門而出。

「這位同學可真忙。」小夢笑了笑。

「是啊，真的很忙。」我也笑了笑。

「其實我是有事想和你談談，他離開了也好。」小夢搥搥自己大腿，像是在家裡一般放鬆寫意，「不然……可真是有點害羞呢。」

害羞的事？

我四處張望，整個術科大樓的樓頂現在只有我、小夢以及不斷吹拂的柔風，雖然沒有其他人，可是在光天化日之下的公共空間，要談令人害羞的事，讓我覺得有些不好意思。

而且，我和小夢的關係，終於進展到可以談害羞的事嗎？

我有點飄飄然，這還是第一次。

「狂龍同學，可以告訴我有關你的事嗎？」

「我的事？」

「嗯，只要有關於你的事都可以，我很想聽。」

「為、為什麼？」

「如果我們彼此不夠熟悉，是不可能拍出一張雋永的照片的，而且……我不會讓你吃虧，我也會告訴你有關我的事。」

原來……只是為了美術報告啊。

我難免有些失望，不過既然她想知道，我一生坦蕩蕩，也沒理由不講。

開始先簡單介紹我的家庭，一個爸爸、五個姊姊，至於媽媽從小到大都沒見過，爸爸也長時間不在家，對我而言，大姊就是爸爸的角色，五姊就是媽媽的角色，這麼多年來並沒有多少遺憾。

國小的時候曾經有白目同學取笑我是孤兒，沒爸爸也沒媽媽，結果大姊就找一群人替我修理他，後來大家就離奇地變成了好朋友，一直到國小畢業都相安無事。

有關我的故事其實很平凡，沒有多少事件值得大講特講。

當我花十分鐘說完，小夢只是帶著微笑點頭，此時一陣大風吹來，將她的制服裙襬給吹飛起來，可是我是並肩和她坐在水管上，小夢一下子雙手就死死壓住大腿，等大風過去，那美好的畫面我是一點都沒看到。

對此，我深感遺憾。

「遺憾嗎？」

她抬起頭，低聲問我。

沒想到我遺憾的表情已經外露成這樣，我只好搖頭解釋：「沒有、沒有，我根本沒有想看。」

噗哧一聲，小夢笑了。

「我是問你從小沒有爸爸媽媽相陪，會不會很遺憾……沒想到，你居然想看我的……我的……」

太可恥了，小夢說到一半便說不下去。

看來我的形象已經隨著一陣大風，被摧殘成碎片。

「對不起……我、我我……」我個半天，我根本沒法辯解。

小夢拍拍我的肩，安慰地說：「沒關係，這次沒看到，下次還有機會的。」

「……」

由她來安慰我，總覺得有幾絲詭異。

我已經沒那個臉繼續說話，小夢便接續介紹起自己的基本資料，最害怕老鼠、最喜歡過生日，她對美術很有興趣，可是還不知道該往哪個方向邁進，平時除了女王楊文泱以外，也沒有多交心的朋友，她一直是用獨善其身的方式，安安穩穩地活在校園內。

後來，她還談到她喜歡看特攝影片，終於我和她有一點相同的嗜好，小時候我跟著二姊也看了不少用錄影帶播放的特攝片，非常沉迷於英雄會變身打怪獸的日本影集。

我告訴小夢，我二姊收藏了許多數位化過的復刻版ＤＶＤ，都是從日本買來收藏的，可以帶幾片來學校借給她看，就當作剛剛起色心的賠罪。

沒想到小夢心花怒放，不停點頭說好，對我多了幾分羨慕。

最後，我們聊到了下課鐘響。

體育課本來就是今天最後一節課，就算我再依依不捨，也是該放學回家了。

而且，我也沒大膽到邀請她出去吃飯……所以只能道別。

在樓頂的鐵門前，小夢原本已經要出去，可是她突然間停下腳步，回頭凝視著我。

「真的很想很想看嗎？」

她如此問我，讓我丈二金剛摸不著頭緒。

接著，小夢映襯在夕陽的餘光之下，不管現在準備入夜的風有多強……

將自己的裙襬掀起，整個拉到胸前！

我真的看傻了眼。

居然是黑色的……

第二條　杜絕一切異性勾引

安全褲。

躺在床上，我睡不著覺，反覆思量的都是小夢那件黑色短褲，突然間覺得男性真是一種很可悲的生物，他們被大腦裡內建的色情細胞控制，會盲目追求女性身上莫名其妙的地方。

當裙底下的東西，是未知的時候，色情細胞就開始建構出各式內褲的畫面，可是一旦知道裡面是安全褲以後，什麼不好的慾望馬上就會消退，而且還會為自己試圖去看一件黑色短褲感到可恥與無奈。

今天睡不著的原因不只那件黑色短褲……

還有一封信，不對，更確切來說是一封恐嚇信，在我放學回家後就出現在我的書桌上，透露出滿滿的惡意，上面寫著——

我會死死盯住你

替你杜絕異性的勾引

我會狠狠的住你

執行大姊開口的命令
這是警告
還是勸戒
就看你的選擇

就這樣，沒有署名是誰寫給我的，一共四十六個字，都是用報紙裡的字一個一個剪下來拼湊而成，標標準準就像電視上綁匪給家屬的勒索信，我實在不懂四姊要恐嚇我，為何還要花那麼多心力。

此刻，她就睡在我隔壁房間。

我露出淡淡的苦笑，同時睡在旁邊的五姊一個翻身，因為我的單人床和她的單人床併在一起，所以我能感受到輕微的震動。

在橘黃色的小夜燈中，五姊打破寧靜說話了。

「龍龍睡不著嗎？」

「嗯……」

「我也是呢。」

「怎麼了嗎？」

「有心事。」

「想告訴我嗎？」

「想，可是我想先聽你的。」
「我沒有什麼心事啊。」
「騙人，四姊的信，我也有看到好不好。」
「喔。」我不置可否。
五姊掀開自己的熊貓棉被，像條蟲一般蠕動過來，鑽進我的棉被裡，還沒問過我的同意，就擅自將我的右手臂繞過她的後頸，再側躺在被當成枕頭使用的右胸，我簡直像一棵樹，五姊則成了無尾熊。
這姿勢讓我可憐的右手有點尷尬，躲到沒地方放，又讓五姊逮到，活生生被她抱在胸前。
「還記得小時候，我們睡不著，大姊又不給我們電視看，都這樣依偎在一起聊天，聊著聊著……就這樣睡著了。」
身上只有穿一套熊貓睡衣的五姊甜甜笑了。
想起以前，我也笑了。
「其實四姊……真的是世界上最疼你的人之一，她和我比起來，就是嘴巴很壞、表情很凶，可是每做任何一件事，都是先想到你喔。」五姊輕輕地說。
「妳又知道了。」
我有點不太高興，不過任誰收到恐嚇信一定都高興不起來吧。

「她只比我早出生五分鐘，我怎麼會不知道四姊在想什麼？」

她都已經搬出雙胞胎會心有靈犀的論點，看來我是無法反駁了。

「其實，我已經高二，交交女朋友也是很正常的事吧？就像五姊也可以去找一個心儀的男生交往看看啊。」

要扭轉五位姊姊根深柢固的觀念，目前我只能從最親的五姊開始洗腦。

「不行、不行，大姊說不行就是不行了。」五姊如波浪鼓般用力搖頭，「大姊也不是針對你而已，我們五個姊姊都以身作則，沒有任何一個人有男朋友啊，這是非常公平的喔。」

「……」

我有點茫然，關於公平的定義。

「像是今天呀，隔壁班……有、有一位男同學跟我告白了。」五姊說到一半，就緊緊抱著我，「龍龍，你不要生氣好不好？五姊一定會改進的，我已經徹徹底底回絕掉那位男同學，連他要給我的情書都沒有碰，真的！」

「……為什麼我要生氣？」

我的腦袋裡開始有點混亂，現在到底在演哪齣啊？

五姊瞪了我一眼，嘟起嘴巴不願說話，那雙矇矓的眼睛，像是在說「你還裝傻，真討厭」。

「我、我是真的不知道……」

「……」

「是、是真的不知道，我發誓。」

「你！」

五姊非常氣惱地說：「難道你看到我和外面的男生在一起也不生氣？難道我變成其他男生的女朋友也不生氣嗎？以後我們不能睡在一起也不生氣嗎？」

這其中到底是有什麼天大的誤會！

我目瞪口呆地搖搖頭，算是回應剛剛一連串的問題。

五姊一把推開我，坐在她的床和我的床之間，彎下腰來狠狠咬住我的手臂。

對，沒錯，就是剛剛她躺得很舒適的那條手臂，我總算見識到什麼叫做忘恩負義。

咬完以後，五姊一聲不吭，移了移屁股，回到自己的單人床躺下，拉起熊貓棉被蓋住整個身體，顯然就是在生氣。

我齜牙咧嘴地揉揉被咬的地方，一時之間還想不到要怎麼安慰五姊。

反倒是五姊，一下子用棉被蓋住頭，一下子又拉下棉被看我，一下子又再度蓋回棉被、一下子又掀開棉被看我……這樣來來回回三四次，終於才忍不住滾到我的身邊。

她抿起脣，眉眼之間全是歉意，用雙手揉揉我的傷處，連眼眶都有一點泛紅。

「很痛嗎？需要擦擦藥嗎？對不起……五姊不是故意要咬你的，會不會太痛……會不會留下傷痕呢？」

「誰叫你要讓我生氣！」

「……不是故意？」

「……」

「不痛了嗎？」

「嗯……」

「那快點睡吧。」

五姊替我拉好被子，擦了擦眼角，回到自己的床位上。

「欸……」我忽然想到某件很重要的事，挪一挪身體，偏向五姊的方向，「妳跟四姊的感情好嗎？」

「當然好啊，我跟所有姊姊感情都好。」

五姊拉起兩邊的髮絲，互相撥弄旋轉。

「對呀，我想雙胞胎應該是血濃於水，雖然妳們外表性格都差很多，可是感情應該是很好很好吧？」

我一邊問、一邊仔細觀察她的表情。

五姊坦然道：「嗯，我和四姊很好。」

我見話題已經順利引導至此，繼續說：「那我跟四姊換房間睡，這樣子妳們雙胞胎姊妹就可以整天都待在一起，半夜睡不著覺也可以聊聊天嘛，而且女生之間的話題更多喔。」

半晌。

五姊沒說半個字，哪怕是發出一個聲響都沒有，她只是翻過身去背對我，再無任何表示。

嗯，五姊震怒了。

後果，恐怕很嚴重。

昨天早上，五姊沒等我就出門了。

昨天中午，五姊沒找我吃中餐。

今天早上，五姊再度沒等我就出門了。

今天中午，五姊再度沒找我吃中餐。

雖然有一點不適應，可是當我冷靜下來思考一番，就覺得這未必不是好事。

我和她雖然是一起長大的姊弟，不過總有一天要分開生活。早一點適應，讓我早一點自立自強，真的不算是壞事。

座位在我後面的雲逸拍拍我的肩，微笑說：「看你已經臭臉兩天了，學姊還是沒原諒你嗎？」

「我又沒做錯事，她是要原諒我什麼？」

「這個嘛……」他繞到我身前，拉開前方同學的課椅，逕自坐在椅背，和我面對面，「其實我一直有一個疑問，你們家六個孩子，真的都有血緣關係嗎？」

我單手扶額，無奈地說：「怎麼可能，我和五姊才差一歲，五姊和三姊又差一歲，這想一想也不太可能。」

「那你家這麼多孩子到底是怎麼來的？」雲逸推推眼鏡。

「我也不清楚，大姊不太願意說，不過怎麼想，一定是我那混蛋老爸的男女關係太混亂，所以弄到後來，到底誰是誰的孩子也不清楚，最後就統統歸我老爸去養……喔，更正，是我大姊養。」

這種家庭醜事，我是不太愛說的，可是雲逸一臉本山人自有妙計的神情，我只好告訴他。

「所以你也沒辦法確定誰跟誰是有血緣關係吧，因為你父親可能同時和多位女性交往，外面的女性也可能和多位男性交往，於是混亂到甚至不能確定，你們到底是不是同一個父親，我可以這樣理解嗎？」

「是有可能……」

「為什麼不去DNA檢驗一下，答案不是就清楚了？」

「這是我大姊的最大忌諱，沒有人敢去碰她的逆鱗。」

「我猜……可能是大姊對你們一視同仁吧？」

「我不知道，凡人是沒辦法推敲李皇玲的想法的。」

「雖然我不太懂女人，可是你五姊想必是陷入了左右為難，一邊是弟弟、一邊是隔壁班男同學，所以才發脾氣。」雲逸搓搓自己下巴，「你知道那位跟你五姊告白的學長是誰嗎？」

「好像是三年忠班的學長，我有去打聽一番，聽說功課很好，長相也算帥氣。」

「所以說嘛，你五姊一定是有心動，可是又放不下心，怕自己交男朋友的話，照顧你的時間就要大大縮短了。」

「她……怎麼會有這種想法？」

「女人都是會有母愛的嘛，何況學姊從小照顧你長大，這時候她已經不能全心全意對你，自然會沒來由的氣惱，我看多半也是在氣自己。」

「不過，是我說到和四姊換房睡，她才整個大怒。」

雲逸一臉諸葛神算的模樣，緩緩道：「以後她交男朋友，就一定要換房睡啦，所以你一講到這個，當然是更難過嘛。」

俗話說，當局者迷、旁觀者清，果真如此。

我和他短短的幾句對話，他就能夠將整個謎團抽絲剝繭，展現出更清晰的樣貌。

「那我該怎麼做？」

「很簡單，要告訴你五姊，她心中的弟弟已經長大了，可以接受沒有她的日子了，請放心地和欣賞的男人交往吧。」

「好，我懂了，你不愧是女性觀察家吶。」

雲逸雙手抱胸，一向低調的他難得露出驕傲的姿態。

短暫的下課時間，班上吵吵鬧鬧打打鬧鬧，我們在最角落的位子，又不是什麼風雲人物，所以班上的同學向來很少理會我們，可是偏偏小夢偶爾會走過來。

就像是現在。

「在聊什麼？」小夢靠在我的桌邊。

雲逸就像是老鼠碰上貓，尾巴夾緊說一句要去廁所，馬上一溜煙逃走。

「他為什麼總是看到人就跑？」小夢困惑地問我。

基於兄弟道義，我實在不方便說是因為他在偷窺女性的時候被妳看到，所以現在羞恥到不敢和妳見面，就像是我上次看●片被三姊撞見，我羞恥到一個禮拜不敢看三姊一樣，所以我很能體會。

「他對女生都是這樣，妳別太在意……同班兩年多，我也沒看過這傢伙和女生說過啥話。」

我打了馬虎眼，希望能隨意帶過。

小夢一副理解的樣子，便調整我前面座位椅子的角度，學雲逸坐在椅背上，只不過她的制服裙子有點短，就算她將裙襬夾在大腿之間，還是害我的眼睛不知道該擺哪裡。

「就是安全褲，你到底是想看什麼啦？」

呃……沒想到我的視線如此明顯。

不過這不能怪我，她雖然身高不高，可是雙腿的比例很漂亮，尤其是黑色膝上襪和裙襬中間的那塊乳白色的絕對領域，讓我很難控制眼珠。

「對、對不起……」我垂下頭。

「算了，你愛看就給你看吧。」

小夢彎起一邊的眉，好氣又好笑地將裙襬緩緩拉高，以一秒鐘零點五公分的速度上升。

趕緊抓住她的手，阻止她的行為，我義正詞嚴地說：「不要讓我看見安全褲，請勿破壞我那美麗的妄想，摧毀那片神聖的領域。」

「怪人。」

小夢抱怨一聲，才放開抓住裙襬的手。

「對了、對了。」我忽然想到一個約定，趕緊從書包裡拿出光碟盒，「我答應要借妳的DVD，拿回家看吧。」

小夢欣喜的接過印有「猛獸戰隊」字樣的光碟盒，馬上看起盒後的劇情介紹，一雙大眼睛像是放射出某種興奮的光芒，每當她眼皮張合，那光芒就像是在閃爍一般。

我喜歡看她此時的表情，彷彿小孩子得到棒棒糖那樣滿足。

小夢欣賞這片典藏版的DVD，而我欣賞著小夢。

她用拆開棒棒糖包裝紙的速度，立刻將光碟盒給打開。

不知道為什麼，那些閃爍的光芒都消失了，小夢原本閃亮的臉此時忽然黯淡。

「怎麼了？」

她沒回我，只是將《猛獸戰隊》的光碟盒扔在我桌面。

我低頭一看，光碟上明顯有一排字……

『AV學園！夢之師生大〇交！時間暫停吧！』

不管任何人來看，這都是一張私自燒錄的色情光碟。

真的由衷希望，此時手上有一條繩索……我真的好希望……

「死變態！你喜歡看學生的也就算了！連老師都五十歲了你也能……你也能夠……呼，好噁心！」

小夢漲紅臉，大聲指責完我以後就離開了，我想她再也不會跟我這個變態說話了。

如果有條繩索，能讓我吊死在天花板……也算是一種解脫了吧。

望著天花板，我將身體慢慢靠在椅背，嘴裡喃喃自語。

「四姊……妳終於還是出手了。」

四姊這樣衝康我已經不是第一次，高中兩年……不對，不只兩年，算上國中時期，每次我遇見心儀女生之後，所發生各種光怪陸離的事蹟實在太多了。

諸如，請女同學吃蛋糕，結果蛋糕上有三個像是巧克力的斑點，拿起來看才知道是死蟑螂；約女同學出去看電影，結果我在電影院門口瞎等一個多小時，打電話過去詢問，女同學茫然地跟我說，剛剛我不是寄簡訊跟她說改期……反正太多太多了，都是四姊的傑作。

不能再這樣下去了！

我風風火火一下課就回家。

一打開家門，只見大姊和五姊用很怪異的姿勢坐在沙發上看電視。

很好，所有事情可以一併解決。

「五姊！」我大吼：「我有話要告訴妳！」

五姊彷彿受到驚嚇，肩膀縮了幾下。

不過我吼完以後，才看清楚她們之間的姿勢，就像是摩托車雙載一樣，大姊在前、五姊在後，而五姊的雙掌則覆蓋在大姊的左右胸部上搓揉。

「妳們到底是……在？」

「有話過來說，剛好五妹的手也痠了。」

大姊指了指身後的位子，再將電視關掉。

我一頭霧水地走到沙發，取代原本五姊的位子，雙手不知道該擺在哪，也不知道我坐在大姊屁股後面是要幹麼。

大姊後仰躺在我身上，拉起我兩隻手放在她的胸部上面，欣慰地說：「我就是太少按摩胸部才沒長大，唉……含辛茹苦拉拔你們長大，也該是你們報恩的時刻了……快點替我揉一揉。」

「……」

我捧著一對胸部，感到一陣錯愕。

「幹麼！」大姊用手肘後敲我的腹部，「快一點啊，萬一我永遠都小B你是要賠我喔。」

長姊如母，就算按摩也是我應該做的，可是位置有一點太尷尬了。

「大姊……我是男生，這應該讓五姊……」

我話說到一半，大姊的肘擊馬上又來一發，不爽道：「在我們家男女平等，別以為你獨生子就可以囂張，五妹已經替我按摩半個多小時了，現在換你。」

「好啦……」

我的十指開始施力，也不知道是不是五姊的胸部碰多了，總覺得大姊的胸部真的是非常「輕」，捏起來沒啥分量，好像跟捏我自己的沒差多少。

「龍龍……你不是有事要告訴五妹嗎？」

大姊躺在我的胸口，各看了我們一眼。

「喔對，五姊，我有非常非常重要的事要告訴妳。」

除了手正在摸胸部以外，我整個人都超級嚴肅。

「是、是的。」

五姊看我正經，她端坐在沙發另一端，還調整了凌亂的馬尾，拉平還沒換掉的

學校制服。

「五姊，經過這兩天我深思熟慮，決定要非常慎重地感謝妳多年來的照料，讓我健健康康長到十七歲，能夠自立自強地生活，所以如果妳有心儀的男性，想要交男朋友……甚至是要嫁出去，身為妳唯一的弟弟，我一定會給妳全心全意的祝福，五姊可以不必顧慮我了，聽說那個學長人帥功課好，妳如果願意，就放心交往吧！」

一大串說完，我竟有點喘。

整個客廳陷入一種怪異的寧靜。

五姊從原本略略期待的表情，變得有一點異常，原本她精緻的五官，慢慢開始皺在一起，一雙手捧在自己心口，失神間往前一倒，滾在客廳地板上。

說真的，這畫面就像是我拿手槍射在五姊的心臟。

是有沒有這麼誇張！

「大姊……龍龍他不要我了……嗚嗚……我要被趕出家裡了……大姊、大姊妳看啦……嗚嗚，我才不要嫁人、我才不要男朋友……我不要我才不要……嗚嗚……為什麼要這樣對我……為什麼為什麼為什麼？嗚嗚……嗚嗚嗚……」

五姊滾到牆角處痛哭失聲，我已經看到呆若木雞。

「唉……你這混蛋東西，你知道我等等要安撫多久嗎？」大姊有點哀怨。

「……大、大姊，我該怎麼辦？」

「這你沒辦法，一定要我來了。」

「那就交給妳了。」

「欸，你欠我一次喔。」

「我知道。」

「三次李狂龍人體按摩機使用券。」

「是是是……大姊說怎樣就怎樣吧。」

「成交。」

我和大姊在耳鬢邊輕聲達成協議，這一整個爛攤子，大姊願意為我收拾……我真的是非常感謝。

「你這逆子！」大姊猛然站起，一腳踹在我的腹部，「今天你五姊就是被你氣到身體不舒服才提早回家，而你還敢忤逆姊姊！你是在找死嗎？我不想看見你！馬上給我滾去房間！聽到沒有！」

我有點呆滯地抬頭，只見大姊正對我擠眉弄眼，就我們長達十七年培養出來的默契，我立刻知道大姊是要我先退場。

不用第二句話，我馬上如喪家之犬般夾緊尾巴逃到浴室，用最快的速度洗好身體，再偷偷摸摸地溜回房間穿衣服，看一看時間居然才七點多，我又悄悄去冰箱拿一些食物，打算今晚都躲在房間不出去了。

在大姊的安撫下，五姊應該會去主臥室和大姊睡。

坐在書桌前，好不容易我才鎮定下來。

然後，立刻用電腦傳長達五十字的髒話給雲逸，我居然會相信一個死處男的話，現在想想簡直是被鬼遮眼，他居然還敢自稱女性觀察家，馬的，他的腦袋是宅到壞掉了嗎？

對了，還有小夢的事。

四姊有上晚自習所以會晚點回家，可是我現在已經不可以踏出房門，想必是無法找她理論了。

不過，換個角度想，依四姊古怪的個性，一定不會承認，就算承認了也有一堆歪理在等我。

「不行，我一定要想辦法自救。」

這個信念很重要，重要到我需要說一遍。

雖然我不能肯定，可是我有一種感覺，小夢對我一定也是有好感，要不然是不可能給我看安全褲的，這樣解釋沒錯吧？哪有少女隨隨便便就給陌生男人看裙底的東西，一定是越熟看得越多啊。

所以，這一次，我絕不會讓四姊破壞掉我即將萌芽的戀情。

不過小夢現在已經認定我是變態了，她今天看我的眼神和看臭水溝裡的蛆蟲差不多，我到底還有什麼方式可以挽回小夢呢？

我的瞳孔漸漸放鬆，忽然我看見櫃子上的一疊空白光碟。

「幹！有了！」

雙掌一拍，我驚喜地打開電腦內某一個軟體。

慶幸上電腦課時還算專心，這軟體用起來得心應手，只是素材取得有一點困難，但我在網路上持續搜索，還是找到了不少可以用的東西。

才過不久，我的心思本來完全在電腦上面，卻發現房外的雜音越來越大聲，大到讓我不得不回過神來，凝視著房門外面。

「別攔我！讓我打死這條忤逆姊姊的畜生，走開！別擋！」

我心臟一突，這條忤逆姊姊的畜生數來數去只有我是唯一的可能，大姊怎麼會突然發瘋，嚷嚷要把我打死呢？

還搞不清楚狀況，大姊已經衝進房間，一張原本還算漂亮的臉現在和母夜叉差不多，手上拿一根衣架，擺出要給我死的姿態。

從國中之後，大姊就很少動手打我了，現在怎麼會……

我懂了！

我看著大姊飄忽的瞳孔就懂了。

「大姊我錯了，是我的錯，我下次不敢了。」我馬上求饒。

大姊揪起我的衣領，將我拖到床上，動手動腳演出狠狠的動作修理我，可是大部分都只是做做樣子，根本就沒有真正打到我。

「啊！我不敢了，大姊我錯了，不要打我，不要再打啦——」

我扯開喉嚨求饒。

躲在房門外的五姊尖聲大叫：「大姊，說好只是給龍龍教訓，不要打成這樣！」

「妳閉嘴，今天不打斷他一條腿，他永遠學不會什麼叫『長姊如母』，哼！」大姊說完，又抽了我幾下。

五姊心疼得看不下去，跑過來攔腰抱住大姊，聲淚俱下地替我說話，坦白她剛剛只是說氣話，不要再打人了。

雖然一齣比《藍色●●網》還狗血的家庭劇就在我面前上演，可是我還是樂於配合演出，五姊不管多生氣，終究對我還是心軟，當然大姊也是。

大姊的胸口上下起伏，看起來像是非常憤怒，可是我知道她心裡是在笑。

「反正我們五位姊姊都討厭他，打死就算了吧，這種弟弟不要也罷。」大姊似乎意猶未盡。

五姊梨花帶雨地說：「不對，我還要啦……」

「可是，妳剛剛不是說自己有多討厭有多痛恨弟弟嗎？」

「……」五姊抿抿嘴，紅著臉說：「大姊……別說嘛……」

「到底是怎麼樣？」

「我、我不知道……」

「那打死算了。」

「不要、不要打！」

「……所以你們要相親相愛了嗎？」

大姊扠腰，環視我和五姊。

「對對對。」我豎起大拇指，「我和五姊最好了，即使我說錯話，五姊一定也會原諒我。」

然後……

五姊垂下頭，緩緩地點了點。

事情終於和平收場。

小時候我還不覺得，可是當我年紀越大，就越是佩服大姊的能力，家裡六個人能快快樂樂的相處都是大姊的功勞，她知道家裡所有人的個性和習慣，所有人都在她的安排與掌握中，卻沒有人有意見。

時間漸漸晚了，該回房的人都回房了，我也洗好臉、刷好牙，假裝要睡覺。

看起來心情變得比較好的五姊一邊道歉一邊抱怨，她怪我不守信用、見色忘姊，下幾秒又關心我是不是受傷，反正五姊從小到大就是這樣，小性子來得快去得也快，我只要聽她說話，過一會她就心滿意足地睡了。

我翻下床，重新回到電腦前，繼續我剛剛未完成的作業。

時間有限，一旦我在小夢的腦袋裡烙下「變態」的印記，那我就再也沒有機會了。

所以我昨晚熬夜趕工，只是為了抓住最後一點希望。

午休時間，小夢和楊文泱正面對面吃飯，因為她們吃得很慢，所以才拖到現在。

我非常不識相地走到她們面前。

楊文泱立刻擺出臭到不行的專用表情，彷彿我是一坨會移動的排泄物。

小夢對我好一點，可是依舊不理睬我，把我當成是空氣。

「給我十分鐘……不，五分鐘就好。」

我提著一袋類似公事包的東西。

「一切都是誤會，讓我解釋清楚，如果妳還是很生氣，那我再也不會吵妳。」

小夢放下筷子似乎有點猶豫。

我一改往常，要是以前我早就退縮了，可是高中只有三年，我已經被四姊破壞掉太多可能的戀情，這一次我絕對不允許。

見她有些動搖，楊文泱出手按著她的掌。

「沒關係，我就聽聽看，等等就回來。」小夢笑著和自己的手帕交解釋。

我唯一的機會終於來了。

走出教室外面，我跟在她的屁股後面，午休時間其實並沒有多少人在走廊上走動，安靜的情況下，不知不覺我們都放輕了腳步聲。

很快，我就知道小夢要帶我去哪裡。

我們爬上樓梯，一路來到最高層，在頂樓和天臺之間的樓梯間停止。

這裡更加安靜，頭頂只有一盞日光燈在發亮，的確很適合說話，因為平時沒有學生會跑來這。

「說吧，死變態。」

小夢靠在鐵門上，臉上仍有不滿。

我半蹲下來，打開我和雲逸借來的公事包，裡面是一臺尺寸很小的筆記型電腦，我將其開機預備，再拿出昨天那張《猛獸戰隊》的光碟盒。

一見到《猛獸戰隊》，小夢的臉更不高興，轉頭立刻就要走，好險我眼明手快，馬上抓住她的手腕。

「聽我解釋，我真的不是變態。」

大概是第一次看到我的強硬，小夢愣了幾秒鐘，才決定不走。

隨時都有可能走人，我的時間緊迫，趕快將光碟盒打開，拿出依然是昨天那片不堪入目的光碟，我沒有浪費時間解釋，光碟被我塞進筆電的光碟機中，播放。

小夢雙手掩嘴，驚呼一聲。

我當然沒有公然在學校播放●片，影片占據筆電螢幕，一幕幕播放的都是小夢的剪影和照片，沒有任何配樂，因為我沒時間加進去，不過現在看起來的效果也很不錯。

在絕對安靜的樓梯間，我開口說話，隱約有回音震盪——

「我就算是死變態，也是喜歡妳的死變態，只猥褻妳一個人。」

我們之間的空氣像是凝固了。

小夢面無表情，只是很專注地看我昨晚熬夜趕出的影片。

「我家女生很多，我怕姊姊們會找到這張光碟，所以、所以才在光碟上寫●片的片名……藏在《猛獸戰隊》的光碟盒中，沒想到我帶來學校，忘記換回正確的光碟。」我低聲表示，也怕被其他人聽見。

「……裡面、裡面我的照片和影片是從哪裡來的。」小夢開口，雙眸裡盡是無法解讀的複雜。

「從班網上或是同學的FB下載的……我哪敢、哪敢拿相機拍妳，所以只好用別人拍的。」

「萬一這光碟被別人看見怎麼辦？你、你真的是……」小夢想罵我，可是又罵不下去。

「不會，我姊姊們光看見色情光碟，二話不說就是先揍我一頓，而且二姊都待在日本，沒有人會發現。」

那張『AV學園！夢之師生大〇交！時間暫停吧！』的光碟，根本就是從我房間那疊空白光碟中拿出來用奇異筆寫的，我敢打包票四姊根本就沒看過這類影片，只是在網路上看到就抄下來，AV學園和時間暫停器根本是不同系列的東西，怎麼可能出現在同一片裡。

所以這只是一張無內容的空白光碟，而我正好可以拿去燒錄。

「下次你要照片，記得要跟我拿啊。」小夢越看越不滿意，「這影片來來去去就這三、四十張而已。」

「嗯，下次我會改進。」

我心中已經放起破關成功的配樂和煙火。

小夢用紅通通的臉面向我，我們就這樣互看，半晌都沒說半句話，最後她似乎欲言又止，可是已經到嘴邊的話還是活生生吞了下去，而我也不知道該說什麼，只是在心裡默默感謝電腦老師。

「下次不准把我的影片，寫上變態下流的片名，聽懂沒有？」

「懂了，下次不會。」

「做這種影片的時間拿去構思美術報告不是很好嗎？」

「……嗯，抱歉。」

「我已經想好要怎麼拍了喔。」

小夢說到這裡，雖然是還有幾分氣惱，不過大多已經不放在心上。

「去哪裡拍？」

我傻乎乎地問出這一句。

我幾乎可以對天發誓，這是我這輩子問過最愚蠢的話。

小夢略帶興奮地回答我，讓我馬上有如臨阿修羅地獄的感覺，萬千眾生翻攪在血色的肉泥中，口齒無法用來哀號，只能咬斷舌根，企圖讓痛苦減短哪怕是一秒也好，地獄相讓我只差沒腿軟跪下。

「去你家拍吧，我已經構圖好了。」

「……」我已經嗅到我家傳來的血腥味。

「很棒，等等讓你看我的構圖，絕對可以將李狂龍這個人徹徹底底展現出來，讓老師一眼就能看透你的人生。」

小夢相當臭屁，我一邊手腳發冷、一邊覺得她很可愛。

「我們約這個禮拜六，低調一點就可以，我不會耽誤太久。」

看來小夢已經完全計畫好了啊。

「怎麼樣？你覺得可以嗎？」

「可、可可可以吧……」

為了作業，我真的於公於私都沒有拒絕的理由，試問……「啊，我姊姊很討厭弟弟有好感的女性，所以為了妳的安全著想還是別來」、「作業根本不重要，外面隨便拍一拍就好」、「沒有任何同學來過我家，妳也不會是第一個」，諸如此類的講法，是哪個能用？

我是姊寶的身分，也不希望讓小夢知道。

這場洗清我變態之名的見面，雖然成功洗刷了我的冤情，可是我一點都沒有高興的感覺。

唯一讓我心情好點的地方，是小夢在又惱又喜的矛盾狀態中，沒收我粗製濫造的光碟。雖然她拿光碟離開前警告了我幾句，不過我知道她原諒我了，我們又恢復原本的關係。

提筆電拿去還給雲逸，我現在真的很需要一個即使是半殘的女性觀察家，好替我處理即將發生的命案。

雲逸非常嚴肅。

前所未有的嚴肅，這個態度讓我增加不少信任。

午休時間已經結束，雲逸跟我說要理一理頭緒才能告訴我看法，我知道這件事非常複雜，何況我才詳細地告訴他所有來龍去脈，所以我能體會，他需要時間。

下午第一節課是數學課，對我來說，現在才是午休的開始。

我趴在桌上用課本擋住睡覺，後方卻有一團紙扔在我後腦上。

還沒有睡，我不爽地回頭瞪了雲逸一眼，可是他的表情很怪，似乎是遭受到某種沉痛的打擊一般。

「幹麼？」

我用嘴型問，因為老師還在上課。

他只是對我搖搖頭，渾身散發出一種包含無奈、無言、怨懟、悲悽的苦味，彷彿有人殺他全家，而我正好是殺手這樣。

回過頭，確定老師沒在看我，我漫不經心地打開紙團。

上面寫……

『所以你跟小夢告白了？她居然沒有拒絕你？』

等一等！

等一等喔！

我再重新看完紙條上的短短幾字。

「幹，我這樣也算告白嗎？」

我脫口而出，數學老師的粉筆立刻轟在我臉上，班上的同學紛紛回頭看我，臉上掛滿譏笑，只有小夢雙眼裡滿是問號，似乎沒聽見我剛剛的自言自語。

沒錯，她應該沒有聽到，畢竟我和她的座位天差地遠，我只不過是小聲驚呼，她不可能會聽見，可是有聽見的同學就把我當笨蛋一樣嘲笑。

我並沒有很在乎，只是在心裡默哀，我和小夢的關係大概到此為止了，最多最多到美術分組結束，我們也就結束了。

沒想到我一直強忍不說，卻還是被「告白」扼殺掉我和小夢的最後一點可能。

我的告白從沒有好下場，這次恐怕也……

難逃死劫。

放學。

我第一個低頭走出校門，現在只想回家。

雲逸這陣子都沒有和我一起去找樂子玩，他號稱和映河妹進展順利，所以每天都早早回家，不過他到底去哪裡，我沒有確認。

今天難得，雲逸跟在我屁股後面追問，要我說清楚和小夢之間到底發生何事，畢竟這事關我們的賭注，他很想要探聽敵情。

功敗垂成這種話我說不出來，為了安撫雲逸緊張兮兮的情緒，我特地停下腳步，告訴他小夢沒有任何回應，就是當作沒看到一樣，包括細微的暗示都沒有。

雲逸看起來很怕當我的小弟，他沒有多說，只是望了我一眼就閃人了。

一樣的步驟，我搭公車回到家，一進門就看見四姊的鞋子在，沒想到今天是四姊提早回家。

原本我阻止四姊的奸計得逞，應該是要感到高興才對，可是眼前的困難讓我一點都高興不起來。

走進房間前，會經過四姊的房門，我一聽就覺得不對勁。

裡面有不少低悶的撞擊聲傳出，這聲音就像是有人在痛毆五姊那隻等人高的大熊貓玩偶。

為什麼我會這麼清楚，那是因為四姊的個性很怪，每次遇到不如意的事就會痛扁五姊的熊貓，萬一讓五姊知道，大概又是一哭二鬧三上吊的標準程序。

所以四姊提早回家就是要趁主人不在，好好發洩一下內心的陰暗面。

這也不關我的事，我都已經踏出腳步回房間，可是四姊嬌柔的叫罵聲挽留了我。

「去死去死去死去死去死去死去死！啊啊啊啊啊啊啊啊！居然會沒用，那該死的淫蕩女人！看到色色、色情光碟也沒關係嗎？變態、淫蕩！我總有一天一定要將她放在木馬上面，讓她痛苦而死。」

碰碰碰碰碰碰碰碰碰碰！

可憐的熊貓再度被拳打腳踢。

還有，這件事果然是四姊幹的沒錯。

不過有一點非常可疑，這才是我停下腳步的真正原因。

四姊怎麼會知道，那張光碟已經沒用？

我還來不及細想，四姊又恨恨地嚷嚷。

「下一次、下一次我一定要徹底破壞他們，李狂龍你等我！我一定要報仇啊啊啊啊啊啊啊！誰都不能阻擋我！這一回，我要使出更狠的招數，哼哼哼哼……大姊一定會樂觀其成，大姊一定會稱讚我的，我要用照片，一張照片毀掉他們！」

照片？

是什麼照片？

我心臟一突，決定靜觀其變。

四姊還沒打算認輸，我不能夠急躁。

所以我放輕腳步聲和呼吸聲，先暫時躲進大姊的主臥室，想看四姊還有啥陰謀。

果不其然，光用耳朵，我就大概能判斷出四姊的動態。

首先她打開房門走出房間，手上拖著一條無力抵抗的熊貓布偶，一路走到我和五姊的房間。

四姊想將熊貓歸位，反正布偶不會記恨、不會痛，從外觀上看來，五姊也判斷不出自己心愛的熊貓已經慘遭虐待。

可是，我總覺得沒那麼簡單。

因為四姊待在我的房間太長了，一點都不像是偷偷物歸原主的模樣。

陰謀的味道在我的鼻腔蔓延，我繼續等待……終於，四姊從我的房間出來了，這段期間居然整整有四十分鐘。

現在該我行動了，禮拜六小夢要來家裡，我絕對不允許有任何差池。

踮起腳尖，我無聲地重新回到客廳，故意用力的開門與關門，再大刺刺扔下書包，假裝我剛剛回家。

刻意地走過四姊房間，我輕笑幾聲，展現出勝利者鬆懈的姿態，很快，就引來憤怒的四姊一腳踹在門板上，她在演戲，我也在演戲，可是誰技高一籌要等等才知道。

信步走進我的房間，我立刻鎖上門，然後像一條緝毒犬在所有的角落搜查，務必要找到陰謀的所在之處。

四姊藏得太棒了。

就算我們立場不同，我還是由衷驚嘆。

一個拇指大小的針孔攝影機，就藏在天花板的日光燈內，只露出黑黑的一小點。

我咧開嘴角笑了，可是沒有發出一點聲音。

四姊的想法很簡單，在我的房間安裝攝影機，就能夠監控我的一舉一動不說，還能夠拍到我比較「祕密」的照片，再送給小夢看，毀掉我建立起來的形象。

拆掉針孔攝影機很簡單，可是我一拆，四姊就會發現。

打草驚蛇的情況下，四姊還會想出第二個、第三個乃至於無限多的陰謀。

我還不如假裝不知道，在鏡頭面前過著正人君子般的生活，讓四姊一丁點把柄都抓不到。

沒錯，這才是最好的應對方式。

可是還有一個很大的問題就是五姊，她是不可測的變數，只能見招拆招面對。

一直到晚上，我都若無其事地生活，穿戴整齊在房間內不是打電動就是看漫畫，任何違禁品我都不敢拿出來，甚至連挖鼻孔都不敢。

等到全家都吃完飯，整理好分工的家務，三姊和四姊照例回到房間休息，大姊和五姊則一如往常在客廳看電視，我才確認現在是開口的最好時機。

此時，我的屁眼就像插入一根沖天炮，只是炮口向內，引信的火光越來越接近我的肛門，隨時都能讓我屎血齊流，卻無法阻止。

「大姊……我禮拜六有同學要來家裡做作業，作業的狀況是……」

我一五一十向這位一家之主報告，直到說完大姊都沒有吭聲。

五姊在一旁彎起她的眉毛，似乎是第一次有我的同學要來家裡，讓她感到困惑。

「龍龍，這家也是你的，你要帶朋友來，我當然是沒有意見啊。」大姊將自己修長的腿盤起，「不過這位同學是男是女呢？」

「是女生，老師抽籤選人，隨機的。」

我解釋，屁眼好像要爆了。

「你喜歡她嗎？」

大姊開門見山，讓我有點錯愕，趕緊收回心神。

「沒有，就是一般同學。」

「龍龍過來。」她朝我招招手，讓我坐在她旁邊，好方便她一手攬住我的肩，「大姊告訴你，其實你喜不喜歡她都無所謂，高中生的年紀難免容易喜歡上異性，這我都懂……大姊只要求你一點，就是不要和任何人交往，要忍住那份愛慕之情。」

「……為什麼？」

我反射性地問，不過理由我早就聽過無數次，不外乎「年紀還小要以課業為重」、「交女朋友沒有意義」之類的話。

「外面的女生很壞嘛，你會被騙啊。」大姊輕聲說。

「對呀，難道是姊姊對你不好嗎？」五姊終於忍不住插話，「女朋友能做的事，我都可以做啊，你有什麼需求，我一定都能滿足你。」

「……」

我打算略過五姊說的話。

「而且。」大姊將我整顆頭拉進懷裡，用彎曲的食指刮我的腦袋，「你答應過要娶五個姊姊當老婆欸！休想反悔！」

「小時候說的話不算數吧。」

我像條淋溼的狗，正在扭動身體。

「欸，男子漢一言既出駟馬難追，什麼叫作不算數！」

大姊用手肘磨我的臉，我還能感受到五姊正在偷捏我的腰。

「你都忘記了對不對？」大姊忽然停下虐待我的手，一本正經道：「小時候的事情，都沒有印象了嗎？」

「……什麼事？」

我從大姊的懷裡起來，茫然地看向兩位姊姊。

「很多事。」居然是五姊開口。

我的小時候，如果是用國小六年級以下來定義，也是快要十二年的光陰，一定發生過大大小小的事，她們這樣問我，我怎麼會記得。

大姊像是緬懷起過往的時光，嚮往地說：「那時候我就知道，我這個弟弟一定是全天下最好的男人。」

我不知道為何話題會突然偏到這裡，可是當大姊用第三人稱描述了某一段我小時候的故事，我突然又覺得這話題並沒有偏離，從頭到尾大姊想說的都是同一件事——

故事說完，大姊幽幽地說：「同學要來我們家，以後都不必再問我，但是……萬一是女朋友，就別怪我生氣了。」

不准交女朋友的禁令依然存在，大姊沒有一點想要退讓的意思。

這件事我當然還記得。

大概是小學五年級，四姊和五姊大我一歲，所以她們已經六年級了。

那一天，天氣不算太冷，只是正要入秋，外頭的風攜帶寒意。

我們三個因為交叉感染的關係，統統同時感冒，頭暈目眩、鼻水直流、又咳又吐，真的快折磨死我們。

當天早上大姊看我們病況嚴重，可是手上有重要的工作不得不出門，所以她和我們約定中午提早回家，要帶我們去看醫生。

要知道，我們家是沒有大人的，不管是貧病飢苦，到最後一定是姊弟們自己處理。

所以我就異想天開，拖正在沉睡中的兩位姊姊就醫。

我等不及大姊回家，先用棉被將五姊捆好放在推車裡，再用好幾件外套綁起四姊背在身後，帶好健保卡跟新臺幣就出門，畢竟診所並不遠，大概幾百公尺而已。

我一個弟弟扛兩位大我一歲的姊姊去看醫生，不知道那時候我是怎麼想的，似乎是有點害怕又有點擔心，害怕姊姊們就這樣一睡不醒，那每天陪我玩的人就會消失了。

到達診所，護士阿姨嚇一大跳，我給她健保卡，我們三個小孩順利掛到號，在診療室外等待排隊。

秋天真的是流行性感冒盛行的時候，所以我在診所內巧遇同班的一位女同學，她和我一樣都是感冒，不一樣的是她有媽媽陪伴。

很快就輪到女同學的號碼，下一號就是我了。

我進去讓醫生伯伯診斷，他稱讚我是個小大人，還會照顧姊姊，我呵呵得意大笑，連打針都沒有皺一下眉頭。

出來診療室，那位女同學和媽媽已經領完藥準備要走了。

我有一點失落，畢竟我很喜歡綁著兩條辮子的可愛同學，剛剛難得聊了幾句，實在是很不想結束這短暫卻又美好的時光……

所以我就跟在她們身後偷偷跟隨，希望能知道女同學家住在哪裡，以後就能去她家玩了。

最後我成功跟到女同學的家，從頭到尾都沒被發現喔，呵呵。

結果……回家差點被大姊活活打死。

我那兩位姊姊在診所醒來，莫名其妙從自己的床跑到一個陌生的地方，立刻放聲號啕大哭，惹來護士安慰，最後打電話給大姊，她們才順利看完醫生拿藥回家。

那時候，我所有姊姊都領悟到一個現實，就是她們的弟弟很喜歡異性，是未來可以預期的痴漢。

「我才不是痴漢，我只是曾經跟蹤過女生而已！」

猛然醒過來，我滿頭熱汗，對於過去尷尬的夢，我感到不知所措，可是當我環視周圍，發現現在是全班安靜的午休時間，熱汗頓時變成冷汗。

好險班上同學只剩一半在教室，否則我的痴漢宣言勢必更加宣揚。

可能是我常常發瘋的關係，被我吵醒的同學大多給我白眼和中指就又繼續睡了。

而非常不巧，小夢正是在教室睡覺的那一半，等到下午第二節音樂課，大家三三兩兩轉移到音樂教室的途中，她才從我身後輕輕踹上一腳，並且嚷嚷道：「打擊痴漢，人人有責！」

原本和我走在一起的偷窺狂雲逸一見正義使者降臨，馬上抱著音樂課本再度落荒而逃。

昨天我不小心告白的事還沒有一個結果，這兩天雖然我們有說話，關係也似乎變得更好，可是對於告白她卻絕口不提，彷彿沒聽到一樣。

「說，你是跟蹤哪位可憐的女生？」

小夢用捲起的筆記本指我的臉，可是神情卻是喜孜孜的，像是抓到我的小辮子。

「國小的時候，好幾年前的事了……」

我無奈之下才將整個夢境說出來，其實我也不知道為什麼會夢到。

小夢如老學究般晃晃腦袋瓜子：「一定是你的初戀情人對不對？」

「不是，我連她叫什麼都忘記了，就是被我大姊打得太慘，所以才有點印象。」

「真是可惜……我上次看雜誌，男生都會對初戀的女孩子念念不忘。」

「應該不至於吧……」

「看你在班上追過這麼多女生都失敗，如果這位初戀還曉得是誰，讓我幫你追，保證成功。」小夢拍拍胸口。

「……」

現在終於要為我的惡名昭彰還債，我無話可說。

見我慘澹的鳥樣，小夢用肩膀撞我，像是一種鼓舞和打氣，她的眼眸流光溢彩，閃爍著惡作劇得逞的璀璨光芒，我就知道她有聽到我從前對女同學們的亂槍告白，這麼低能的告白技巧，可是絕無僅有吶。

我自嘲地笑了笑，小夢也沒有再糾纏，一起開始討論這禮拜六，有關於分組報告的細節，果然她非常認真，準備不少道具要搬來，希望我能夠提供幫助。

這當然是沒有問題，問題是我那幾位姊姊是不是還有啥陰招，我可是沒有忘記在房間日光燈內的針孔攝影機。

「放心吧，我大姊說ＯＫ就是ＯＫ，禮拜六一定會順順利利。」

我嘴巴雖然這樣說，可是身體依然是打了個冷顫。

陽光普照。

美好的一個禮拜六，我卻是提心吊膽。

姊姊們的表現太正常，反而太不正常。

沒有人提到今天有客人要來，就像是刻意遺忘，假裝根本沒事情發生。

今天一大早，大姊就帶著五姊出門，她們說是很久以前就約好要去逛百貨公司的週年慶，所以趁早排隊搶開門的瞬間進入大採購一番。

週年慶時的百貨公司根本就是戰場，以往都要我當開路先鋒替諸位姊姊們殺出一條血路，才能取得特價或是限量的商品，可是這一回……大姊連提都沒提，早早就和五姊出門。

整個家就只剩三姊和四姊，可是她們通常都躲在房間裡，現在也不例外。

我是第二批出門的人，去學校門口接小夢，順便替她提了兩大箱行李，裡面到底是裝什麼東西，我雖然很好奇，可是沒有多問，反正當初就說好，這次分組報告小夢是策劃者，我只是執行者。

回到家。

家裡一片尋常的寧靜。

我和小夢直接走到房間沒有多一秒停留。

小夢像是好奇寶寶般到處打量，試圖將她的想像與實際的圖像相契合，我不知道這間五姊布置過的熊貓房到底合不合她的構圖。

「好可愛的房間，和你形容的差不多。」

「嗯……就是太女孩子氣了。」

「你和姊姊睡在一起？」

「沒有。」我慶幸自己已經將原本合併的兩張單人床拆開，中間還塞進一個木櫃隔離，「因為家裡姊姊太多，所以沒辦法才共用一個房間。」

「好好，我羨慕大家庭的孩子。」

「……哈哈。」

我偷瞄天花板上的攝影機，不知所謂地乾笑。

小夢逕自打開帶來的行李，裡面有好多我連見都沒見過的東西，她開始投入到某種認真的狀態中，收起猶如太陽般的笑容，雙手飛快地動作。

「換上去。」

小夢沒瞧我一眼，只是扔給我一套黑白相間的套裝。

我攤開一看，才知道這是熊貓裝，就跟路邊商家為招攬客人而請來的吉祥物一樣，籠罩住我全身，看起來有幾分滑稽和可笑。

「坐過來。」

小夢再度發出命令。

我就像一隻乖得跟狗差不多的熊貓，抱著還沒戴上的頭套，不敢吭聲地坐在床邊。

小夢一手畫筆、一手是我認不出來的顏料或是化妝品，二話不說就在我的臉上塗塗抹抹，此時我們忽然靠得好近，我能明顯感受到心臟在加速，甚至能聞到由她身上傳來的淡淡香味。

「別亂動……」

她稍稍地張口，我都能感受到微微的熱氣。

這是我第一次近距離觀察小夢，我只能說她的五官好精緻，每個都擺在恰當的位置，謹守著完美的比例，似乎連一公釐的誤差都沒有，要是前幾年的我，大概又會告白了吧。

可是現在的我已經學會忍耐，克制自己白痴般的告白愛好。

花了半個多小時，小夢才意猶未盡地說搞定。

我拿來一面鏡子，映入眼簾的畫面讓我久久說不出話來。

彷彿有一股明顯卻又難以言喻的滋味在身體裡亂竄。

鏡中的我被畫成一隻熊貓，可是奇異的地方在於，這隻熊貓在哭，眉眼間除了未落的眼淚外，還有滿溢的不甘願和憤怒。

「為什麼，這樣……」我不太懂。

「這樣很棒。」小夢用審視作品的眼光看我，滿意道：「這就是我心中的李狂龍啊。」

為什麼我在小夢心中是一隻又哭又怒的熊貓啊？不過甩掉這詭異的想法，我真的不得不說小夢的手法實在是太巧妙了，這個熊貓妝有好多漸層，絕對不是畫上兩個黑眼圈而已。

「開始拍吧。」

小夢開始架起一看就很專業的相機。

她真的專業到不像是高中生，這個分組報告立刻被拉抬到我判斷不了的程度。

我接受命令，擺出幾個有點彆扭的姿勢，第一個是雙手扯開熊貓裝，表情極度掙扎，第二個是頹廢坐在地板上，表情木然得像是在哭，後面當然還有幾個怪動作，可是我描述不出來。

喀嚓、喀嚓、喀嚓……

快門聲不斷充斥在我的房間，讓我有些頭暈目眩。

小夢紫色的T恤配上黑色的吊帶短裙在我面前晃過來又晃過去，清純之上又添加了知性的美感，雖然她身高不高，可是卻不會讓人小覷，她對一個計畫的掌握和執行能力都令我佩服。

不久，她終於放開快門，開始檢查剛剛拍出來的照片，從頭到尾都沒有理我，只是沉浸在線條與顏色的世界，而我則是一隻被冷落的熊貓，也不知道這樣算是結束沒有，便拿出手機上上網、拍拍照、玩玩遊戲。

果然還是不足，小夢調整我房間內的窗簾，又拿起相機補拍幾張照片。

折騰到中午，她才終於點點頭，表示大功告成。

我鬆一大口氣，跑去廁所洗掉臉上的妝。

「你的照片搞定，再來就換我了，請問李狂龍同學，是否有好的建議，把我拍得美美呢？」

小夢也跟進廁所，插隊洗了手。

「看妳打算怎麼拍吧。」我可不想班門弄斧。

「這個嘛……」小夢面有難色，猶豫一會才說：「你家還有其他人在嗎？」

我點頭說：「三姊和四姊都在，可是她們很少管我的事，何況大姊都說可以拍了，妳就別擔心這個。」

「那、那我就放心了。」小夢輕輕一笑。

「嗯，那我該做什麼？」

「按快門就好，可是要先讓我換一下衣服。」小夢又側頭想了想，「能不能借我一條大浴巾。」

「當然好。」

一邊走出廁所、一邊佩服小夢，她連要換的服裝都是自己準備，反觀我在分組報告中，只負責打扮成一隻熊貓，根本等於什麼都沒做。

拿了五姊專用的熊貓大浴巾，我遞給已經半關上廁所門的小夢後，就從冰箱拿出兩罐牛奶和兩包餅乾，打算等等給小夢先填填肚子。

我在自己房間內吃餅乾、喝牛奶，開始想像這次美術課的學期成績恐怕會破紀錄，成為這輩子最高分的一次吧。

傻笑到一半，小夢就推開房門進來，手上捧著剛剛換下的T恤和吊帶裙，她身上圍著大浴巾，我看不出來裡面穿了什麼衣服。

「準備好沒有？」

她將手上的衣服整齊放在書桌桌面。

「嗯，不先吃點東西嗎？」

我看了小夢一眼，一口將牛奶喝乾淨。

「不了，晚一點，現在我什麼都沒穿，有一點點冷。」

我嘴巴都是牛奶，沒辦法說話，只好比出大拇指，算是稱讚她的認真。

「那我們開始吧。」

小夢說完，便鑽進我的棉被裡面，然後丟出大浴巾。

「噗……」

牛奶從我口腔中無法控制地噴出！

因為我剛剛在小夢上床的動作中，似乎看見一顆光溜溜的屁股！

鼻血不知道為何就流了下來，稀釋在剛剛噴出的牛奶上，變成奇特的粉紅色。

原來人興奮的確會流鼻血……

但對我這個處男來說，這是不可承受之重啊啊啊啊啊啊！

完全無法冷靜，就像是彗星撞在我家門口一樣震撼，我不懂小夢到底是什麼意思，難道、難道……她也很喜歡我，所以迫不及待要色誘我？就跟SOD上面演得一樣對不對？

見我失魂落魄，小夢不懷好意地笑，隨後拉開棉被的一角，露出整條潔白的大腿側面，而光華嫩白的肌膚上還有幾道美麗的斑紋。

「這是人體彩繪，我自己在家畫了幾個圖案，你幫我拍吧。」

喔喔喔……原來是人體彩繪，我在電視上看過，女模特兒會穿三點式的膚色內衣，讓彩繪師在身上作畫，也算是藝術的一種啦，是我大驚小怪。

不過，我剛剛看到的屁股是怎麼回事。

「妳根本就是裸體啊啊啊啊啊啊啊啊啊啊！就算是身上有圖案也還是裸體啊啊啊啊啊啊啊啊！」

我快崩潰了，鼻血又再度流出。

「哎唷，我不是用棉被擋住了嗎？」小夢扭過身軀，讓她無瑕的美背面對我，「就是拍局部，像是從後背拍或是拍有圖案的地方就好了。」

這樣不對！

我感受到一股隱約的寒意，告訴我這樣不對！

把僵硬的脖子緩緩往上抬，我黯淡無光的雙眼注視著房間天花板。

日光燈裡……

有針孔攝影機啊！

不管三七二十一了。

我要守護小夢！

不動聲色地走到床邊，我沒有拿起照相機，而是強忍著煮沸全身血液的衝動，用棉被將小夢整個捆起來，再像堆高機般雙手用新娘抱的方式，讓她離開我的床和我的房間。

確認，三姊和四姊都沒在外頭。

我抓緊時機，如保護公主的忍者，沒有製造出多餘的聲響，一溜煙就竄進浴室裡。

這裡是我認為最安全的地方，四姊再大膽也不敢在浴室加裝攝影機。

將小夢平穩地放下，讓她坐在浴缸邊緣，我不知道該怎麼解釋。

我總不可能說「我的房間有攝影機在偷拍」、「妳的裸體會被拍到」、「雖然有針孔在，可是我絕對不是變態喔」，或是欲蓋彌彰「攝影機不是我的」、「我對偷拍妳一點興趣都沒有」、「我不知道，統統不清楚」……不管是哪一條，聽起來都像是藉口啊。

像條壽司的小夢露出無奈的表情說：「這一切都是為了藝術，你不要用色情的眼光看待，就不會大驚小怪了。」

我不知道該怎麼解釋和四姊之間的對抗，她一定不能體會我的苦衷。

「走吧。」小夢淺淺一笑，從棉被裡伸出潔白的手拍拍我的肩，「我們的分組報告一定是全班第一。」

現在的重點已經不是那該死的報告了啊，如果真的讓四姊拍到小夢全裸躲在床上的照片，先不說大姊那關我必死無疑，只要她散播到學校去，我絕對會遺臭萬年了。

「怎麼了？還有顧慮嗎？」小夢聳聳暴露在外的雙肩。

我坐在馬桶上，雙手搓亂原本就不整齊的頭髮。

「我不喜歡你現在的樣子……」小夢嘟起嘴。

「我是真的有顧慮……」我苦澀地開口。

「什麼顧慮呢？」

「我可以坦白說，而妳、妳不會生氣嗎？」

「可以，我保證不會生氣。」

「好……」

我深深吸入一口空氣，將整個肺部填滿。

「我沒辦法看到或是想到妳的身體，因為我會控制不住體內的獸慾，想盡情釋放在妳身上，一次又一次再一次，直到我甘願為止，妳就不要……不要引誘我了，我真的會發瘋，我是正值青春期的健康男性，所以妳這樣就是在為難我，我真的很不想變成壞人，也不想年紀輕輕就去坐牢……」

我覺得心臟破了一個洞，超級痛。

浴室靜下來了，小夢垂下頭，我也垂下頭。

久久沒人說話。

我是無話可說，可是我不懂為何小夢也不說話。

照理來說她應該尖叫著逃出浴室才對吧。

「……我不會讓你去坐牢的。」

「什麼？」

小夢忽然說話，而我其實也聽得很清楚，只是內容太震撼，腦袋還轉不過來。

「對不起，是我沒為你著想。」小夢幽幽地說：「男生和女生天生就是不同的，都怪我做事太不經大腦……」

咦？她並沒有生氣？

「可以替我去拿來衣服嗎？分組作業我再想想辦法。」

小夢歉然地請求我幫忙，雖然有一點可惜，但是沒道理不幫這個忙。

我閃出浴室，跑進房間捧起小夢摺疊整齊的衣物，再用迅雷不及掩耳的速度回去，成功將衣物交在小夢手中，而我當然不可能在裡面看她穿衣服，所以退了出來在房間等待。

不知道為啥，小夢在浴室裡待得特別久。

十五分鐘？還是二十分鐘？我沒有特別計算，只是我用衛生紙收拾好我剛剛噴出的牛奶再吃完一包餅乾以後，小夢還是沒有回來。

就在我有一點擔心的時候，小夢才推開門進來。

一樣的紫色T恤、一樣的黑色吊帶裙，可是卻截然不同的神色，我從來沒看過她露出這種怪異的表情，像是有點惱怒、有點羞怯，更多的是不知所措，雙手死死按在短短的裙襬上。

「怎麼了？」

我嚼著還沒吞嚥的餅乾問。

「你、你……」小夢死死咬著下脣，片刻之後才用最低的音量說：「你有看到我的褲子……嗎？」

褲子？明明就穿裙子來，是哪裡來的褲子？

「蛤？」

「就、就是內褲啦……」

「內褲？」

小夢雙頰緋紅地對我點頭。

等、一、等！

所以這時候小夢的裙子下，該不會是什麼都沒有……吧？

兩滴鼻血落在我的領子上。我無法理解為何會這樣，不管是那件消失的內褲或是我今天一直流血的糗樣，統統都不能理解。

「我夾在衣服裡，可是現在不見了……」小夢渾身不自在地扭動身子，一對大腿緊緊貼合，「快一點幫我找找，會不會是不小心掉了。」

我回過神來，像條緝毒犬一樣開始搜索，將整個房間翻過來找，一條擺好的內褲絕不可能憑空消失，所以一定是我拿起那疊衣物的時候不小心遺落，腳再不小心踢到。

「是什麼顏色的？」

我鑽進床底，忽然覺得這樣問有點怪……

「是、是黑色。」

「瞭解，請問是長什麼樣子？」

「變、變態！」

「對不起。」

只要是疑似黑色布料的東西都被我翻出來查看，可是依舊是一無所獲，我真的不懂它還能跑去哪裡。

床底下有很多五姊的雜物，我一一將其搬出來，然後不小心看見小夢快滴出血的臉蛋，突然有一個很好奇的疑問。

「妳脫光光都沒關係了，為什麼只是內褲沒穿……就、就緊張成這樣？」

「那是為了藝術，現在又不是！」

小夢尖聲大喊，我只好乖乖閉嘴去找。

不過這條內褲像是生了兩條腿，我已經翻出所有床底的雜物，推開衣櫃、書櫃查看，但是依然連塊黑色的布片都沒發現，更別說是小夢的貼身衣物了。

盲目地找到後來，我甚至懷疑是不是小夢在整我，內褲根本就穿在身上，只是想看我的蠢樣所以才說不見，可是這個懷疑一下子就被我推翻，小夢現在要哭要哭的窘樣不可能是演戲。

「浴室找過嗎？」我問。

「找過了，我找好幾遍了……」小夢委屈地說。

「這樣不是辦法，不然我先找條長褲讓妳穿，先紓解妳的……不舒服。」

「好……好吧。」

我從衣櫃拿出一條運動長褲，小夢接過去向我點頭示意，就趕緊套在雙腳上穿好。

果然有一條褲子在，她就逐漸恢復成原本的模樣。

「要不然我先回去好了，禮拜一的美術課就要上臺做分組報告了，我們只有一個禮拜天可以利用……」小夢朝我眨眨眼，壓低音量說：「找到之後……順便帶來還我，謝謝你。」

也只能這樣子，我沒有反對，因為明天還能跟小夢見面，今天就算是早早和她分開也變得沒有太大影響了。

「我送妳吧。」

「嗯……」

小夢彎下腰開始整理她帶來的東西。

我趁這時候將房間被移動的家具歸位，希望不會引起五姊的注意，一切都是那樣的尋常。

就像是同學來家裡做作業，時間到了同學收拾書包要回家，這在一般人眼中是再平凡不過的畫面，可是對我來說卻多了點新奇與感動。

即便我有五個姊姊，但我也仍是個希望同學常常來家裡玩的高中生。

尤其小夢還不會嘲笑我的房間太女孩子氣。

「讓我送妳回去吧。」

見小夢已經收拾完畢，我提出邀請。

畢竟那行李對她嬌小的個子來說實在是太沉重了一點，如果她不願意讓我送她回家，至少我也要送她到車站。

「謝謝。」她沒有拒絕。

除了那條消失的內褲之外，今天真的是很完美的一天呢，我一邊微笑、一邊拉開我書桌的抽屜，打算拿出鑰匙和皮包，準備送小夢出門。

可是呢。

我忽然覺得這個世界慢了下來。

好慢、好慢，我拉開抽屜的速度變得好緩慢。

在我的鑰匙和皮夾上面，覆蓋著一團黑色的東西……

鼻尖的冷汗悄然滑落，我甚至都能看見冷汗以一格一格的方式墜落，就在我祈禱這絕對不要是小夢內褲的那一剎那——

事與願違。

拉開抽屜的我和小夢面面相覷，裡面有一條小到不行的黑色內褲。

「不是我……絕對不是我偷的，不可能是我啊。」

啪！

一巴掌阻斷我蒼白無力的辯解。

「送你也沒關係，可是你不能騙我！」

小夢眼角含淚地生氣道。

「……」

來不及再解釋，我只能傻傻看著她轉身，在腦袋裡反覆咀嚼她對我說的話。

小夢離開了，什麼東西都沒有帶走，就是懷著對我的失望和憤怒離開了。

我彷彿是一位親眼見證九一一事件雙子星大樓倒塌的倖存者，在幾秒鐘之內，真的有一股世界即將要邁向末日的駭人錯覺，即使後來我發現我不是在紐約，今天也不是九月十一日，可是那樣的震撼依然沒有消退。

結束了，就算我和小夢之間曾經有些什麼，現在也都沒有了。

不知不覺，我的雙腿一軟，跪在地板上。

「四姊，妳未免太狠了吧。」

第三條　保護弟弟一輩子

我一直不懂我和四姊到底有什麼仇恨。

畢竟小時候，她、我和五姊，因為年紀最近的關係，總是有一種革命情感，每次遇見什麼事情，都是我們三人小組一起面對，可是自從上高中吧，其實我也不能確定……完全沒有任何徵兆，四姊就慢慢疏離我了，而且個性越來越怪，我和五姊也漸漸不懂她在想什麼。

我用最暴力的手法將日光燈裡的針孔攝影機拆下來。

五姊呆坐在床邊，大概是第一次見到我如此憤怒。

已經二十四小時過去，我沒有說出任何一句話，房間裡只有我和五姊。這也是她的房間，所以我連獨自一人生悶氣的空間都沒有。

「四姊就是這樣嘛……龍龍別跟她計較了。」五姊輕聲勸道。

我還是不說話，要不是大姊說，一個家最重要的就是長幼有序，我早就衝去四姊面前，用最惡劣的態度問她為何要這樣搞我。

不過大姊說出口的話，在這個家就是聖旨，就算五姊只晚四姊幾分鐘出生，我卻從沒聽過她喊出「李金玲」這三個字，一律都是稱呼四姊。

昨天，就是這一位四姊，用針孔攝影機窺視我的房間，她一發現小夢脫下衣服進房，而我怕被拍到，所以將對方抱到浴室去躲的那短短幾分鐘空檔，四姊就潛入我的房間，轉移內褲的位置。

將我塑造成一位偷女性內褲的變態狂。

她的反擊來得好快。

打得我措手不及。

我頹廢地坐在書桌前，將手擺在滑鼠上面，可是我連打電動的心情都沒有。

五姊端著一杯飲料湊過來，上面的吸管堵在我的嘴前。

我完全不能理解五姊到底想幹什麼，她一身女僕裝扮，但是又跟一般 cosplay 的女僕裝不一樣，以黑白兩色為主，蕾絲邊和蝴蝶結都有，這些乍看之下沒有差別，可是五姊整個露背、露胸又露整條大腿，看起來這件女僕裝整個不像是正常 cosplay 該用的啊！

不過，從小到大，我早就摸透五姊的脾氣，就是千萬不要拒絕她的好意。

所以我張嘴含著吸管，一口氣將整個飲料喝光，五姊就漾起了滿意的笑容。

「……為什麼妳要穿很奇怪的女僕裝？」我終於忍不住開口。

五姊放下空杯，在我面前旋轉了一圈，笑盈盈說：「喜歡嗎？」

「欸……還可以吧……」

「我和大姊去逛百貨公司啊，有人喊住我，問我要不要進去看看，然後推薦給我女僕裝，告訴我全天下的男人都喜歡女僕喔，就算心情不好，看到女僕也會馬上變好呢。」

「多少錢？」

「三、三千五。」

「……大姊有打妳嗎？」

「我、我我……我不敢告訴她，我說三百五。」

「……」

對於常常被詐騙的五姊我已經無話可說了，反正是她的零用錢，她高興怎麼用都可以。

「能讓你高興，我覺得不貴啊……你高興嗎？」五姊不知為何有點羞怯，兩秒過後才說：「主人……高興嗎？」

說真的，我只是感到一股惡寒。

但是五姊應該是全天下最好的女生了，見她殷切期盼我的回應，彷彿她的付出都在我說好與不好之間得到印證，就算不喜歡，也只能硬著頭皮說喜歡，畢竟她對我的善意，我是真的感到很喜歡。

「很……很高興。」

我用吃到屎還要說好吃的表情。

「賣我衣服的人說，女僕裝可以增加男女之間的愉悅喔。」五姊嘛起嘴說：「看你好像不是很高興欸。」

「高興啦，五姊，妳真的別想太多，妳對我很好，我都知道。」就像我們倆平時的相處模式，我回過頭，打算玩場ＬＯＬ來逃避現實。

「那你就不要生四姊的氣了，她天生就是比較偏激嘛……」五姊從後方環抱住我，整個身體的重量都壓在我的肩上，軟軟地說：「我代替四姊跟你道歉，我們握手和好吧。」

這種和好的儀式，從小到大五姊大概使用過一百多次，反正都是自己姊姊，我也就打算順她的意。

如今，我的後腦幾乎是埋在五姊的胸部裡，但舒適歸舒適，我還是微微掙脫開來，與她面對面，伸出慎重又充滿和平氣息的手——

五姊握住手，忽然往後一拉，可是我體型比較大隻，所以她拉不動我，反而讓自己貼在我的胸膛上。

「……現在是在玩什麼遊戲嗎？」我傻傻地問。

五姊整個身子軟綿綿，她抬起頭由下往上凝視我，一雙眼睛深邃，像是有千百句話想對我說，雖然我不知道為何會如此反常。

「握手不夠……」

「那要怎樣才夠。」

「親、親一下。」

「……像小時候那樣？」我有點為難。

五姊興奮地點點頭。

「好吧。」

我低下頭，用右臉頰面對她。

五姊鬆開原本握住的手，從左邊和右邊夾住我的臉，將我的頭硬生生扳正，然後吻在嘴巴上面。

輕輕沾了一下。

「……」

我有點茫然。

只見五姊像是跑了五千公尺般劇烈地喘氣，剛剛那個動作似乎花掉了所有體力，猶如街頭醉漢推開我，自己再轉個兩圈，最後直挺挺地趴在垃圾堆……喔，不，是我的棉被上一動也不動。

「妳、妳還好嗎？」

五姊無視我的詢問，身軀跟被打撈上岸的魚一樣，抖個兩下然後又不動了。

「是卡到陰嗎？」

再一次，我的問題得不到任何回應，穿著女僕裝的五姊只是繼續將自己陷入柔軟的棉被裡面。

「算了，妳休息吧。」

我將她的一雙腿搬上床，將裙襬拉下來一點，遮住已經算是呼之欲出的屁股蛋。

有時候我常常在想，我和五姊真的是一對很怪的姊弟，五姊常常會有很古怪的舉動，而我竟然已經習以為常、見怪不怪，久而久之也就逆來順受，維持我們很怪的姊弟關係。

但是，我很喜歡這位很怪的五姊。

「喜歡到每次美術課做母親節卡片的時候，一定會想到妳的程度喔。」

不知道為什麼，我居然說出這麼肉麻的話。

「你只要敢寄母親節卡片給我，我就、我就……我就三天，不對，七天不跟你說話！」

顯然五姊不領情。

「好啦……不要就算了。」

「情、情人節卡片……就可以……」

「拜託，最好是美術課會做情人節卡啦。」

「好吧……」

禮拜一，上學日。

同時也是美術課分組報告的時間。

雲逸抓準時機詢問我和小夢之間是不是發生什麼事情。

沒辦法，小夢對我的態度已經明顯到連雲逸都注意到了。

那不是生氣或者是怨恨，而是無視，完完全全把我當成空氣一樣，就連早自習時，我將昨天她遺留在我家的東西送到座位旁，她還是連眼皮都沒抬，持續與楊文泱閒談。

我的存在感大概比一隻蚊子還不如，好歹蚊子會讓小夢伸手打死。

算是徹徹底底毀掉了一段友情，我和小夢已經連朋友都算不上了，不過最少她到最後都還保持善良，並沒有告訴別人我偷內褲的事，替我在班級裡保留一點生存機會。

至於我和雲逸的賭注，我大概也是完蛋了。

為了轉移話題，我刻意反問他和映河妹進展如何，一看到他的嘴角像中風患者般上揚，我就知道大事不妙，兩人已經從網路上的聊天，進步到可以出門逛街了。

後來他不斷說映河妹是多體貼溫柔美麗大方沉魚落雁傾國傾城，我統統沒有在聽，只是任由視線不斷定格在教室另一端的小夢身上，希望能用精神力控制她的想法，讓她回心轉意，知道我不是變態。

美術老師走進教室，雲逸也同時閉嘴。

老師在講臺上架設好筆記型電腦和投影機，沒有說太多廢話，告訴大家報告開始，而自己則是拉張椅子坐到臺下，成為最安靜的聆聽者。

大家也自動自發，依座號順序上去報告，並且利用筆記型電腦將照片投影到布幕上，讓所有人都看見後，分享照片拍攝的過程與心得。

我已經有零分的心理準備，所以也不是太在意其他同學的作品。

雖然感覺很慢，但是實際上很快，一下子就輪到小夢報告。

有點忐忑不安，當我打扮成熊貓的照片躍上黑板前的布幕，我完全不知道她會說些什麼，非常有可能只是說「這位是李狂龍，偷我內褲的死變態」，然後下臺讓我承受所有責難。

還好，小夢不是這樣的女生。

她若無其事地和平常沒多大的不同，先是簡單介紹照片中的人，也就是我，再簡短解釋拍攝的場景和原因以及光線的運用，當談到人體與背景的比例選擇，一直沒多大動靜的美術老師都欣慰地點點頭。

在小夢的說法裡，我就是一隻被圈養的熊貓，急於掙脫熊貓的外皮，但不管是又哭又怒，本質上我依然是一隻熊貓。

很玄，我不知道為何小夢會這樣說，可是我有一種被看穿的感覺。

「在和李狂龍同學合作的過程中，我進入他的家庭，觀察他生活的世界，和他一起聊天、一起吃飯，漸漸變成了好朋友，當我越來越瞭解他，我常常會想，如果能和他交往，他一定能成為很疼愛我的人吧……」

小夢只是換了一口氣，可是那微弱的聲響連在教室最後面的我都能聽見。

「但是……拍攝那天，我覺得他是一個膽小鬼，雖然我並不知道為什麼會這樣。他向來不敢開口，坦白說出自己想要的東西，就跟熊貓一樣，愛吃卻不會要求，只要沒人照顧，就會活生生餓死掉。」

雖然我覺得熊貓不會說話才是不會要求的主因，可是那並不重要，因為此時她正從臺上望向我。

「如果有一天，李狂龍同學能夠活得更像自己，我一定會喜歡他吧。」小夢淺淺一笑，在平淡無波的水面上投入一顆巨石，「關於這次分組報告，就算其中有不少風波，可是能拍下這張照片，我覺得非常高興，我的報告到此結束，謝謝老師和同學。」

小夢語畢，教室揚起一片掌聲，但更多的是驚訝的議論聲。

換我了，我拿起手機，慢慢從座位走到講臺。

原本我已經想好各種說法來解釋當天為何內褲會出現在我的抽屜裡，可是沒必要了，就算我是自打嘴巴，笨到將偷來的東西亮出來給被害人看到，如此不合理的行為都不需要解釋了。

笨拙地將手機連進筆電，我有很多話想說，迫不及待地點開一張圖，面對所有同學和老師，當然包括小夢。

「關於這個人，我有很多話想說，可是我沒有多少美術天分，所以沒辦法用一張巧妙的照片述說，可是我會盡力把我想說的說出口……」

我忽然有點緊張，底下老師看我的眼神有點怪。

「這位是你的分組搭檔嗎？」老師正色問。

「對，我們同組。」

「是日本來的嗎？」

日本？小夢怎麼會是日本來的？

我眼角餘光瞧見幾位同學在憋笑，同一時間老師又說話：「你這位搭檔我也認識，應該叫做蒼井空吧？對不對？」

整個教室哄堂大笑，我茫然地回頭看掛在黑板上的布幕。

果然是只穿著比基尼的蒼井空小姐……幹，我按到我的手機桌布了。

幾乎是用爬的過去，趕快將圖片關掉，找出正確的那張圖片，透過筆電螢幕的些許反光，我看見有一張大紅臉跟熟透的番茄差不多，真的有一頭撞死在黑板的衝動油然而生。

「好了！」老師用力拍幾下手，「不准再笑了！同學還在報告，是在吵什麼？沒看過蒼井空喔！」

雖然笑意還沒過去，但同學們聽見老師在不爽，只能克制住捧腹大笑的衝動，這讓我感覺有好一點點，點開了正確的照片——我這次有特地回頭確認無誤。

在布幕上的小夢，和我當初看見的一樣，就算是那種無法描繪的感覺也還一樣，她穿紫色T恤和黑色吊帶裙，除了一點點淡妝外，沒有再添加任何不屬於她的顏色，好美。

那是一個中場休息時間，小夢將髮絲挽到耳後，低下頭確認相機裡一張又一張的照片，眉頭輕輕皺起，認真又惋惜的神情，檢討著剛拍的照片，彷彿整個房間只剩下她一個人。

「咳咳……」我清清喉嚨重新開口說：「這就是我眼中的徐心夢同學，剛剛、剛剛只是意外而已。」

「嗯，繼續。」老師朝我點頭致意。

「原本……我認為美術課是一堂根本不重要的課，所以分組報告當然也不重要，但是看見她用非常出乎我意料之外的認真，對每一個步驟、每一項道具、每一張照片認真，漸漸讓我知道，這個世界每一件事都是重要的，只是該用怎樣的態度去面對而已……」

我說到一半，老師擺出「原來這位學生還有救的表情」，欣慰地點點頭。

「可是我和她在拍攝的過程中，發生一些不太好的事，我鬼迷心竅地偷竊了她的內褲……讓我喪失一段我非常珍惜的友情，如果能再給我一次機會，我一定會，保證會說……」

我彎下腰，幾乎將臉貼在講臺上，因為我沒辦法面對所有人投來的眼光。

「內褲能不能送給我，我很想要。」

好安靜……

大概維持了十秒或是二十秒，這跟剛剛哄堂大笑的教室完全相反，正當我感到奇怪，想要抬頭偷偷瞄一眼的同時……

「嗯，送給你。」

是小夢。

這句話像一根針落地。

卻是清晰可聞。

這事件鬧得超乎我想像的大……

班導師沒等到她的英文課開始，在美術課結束沒多久就招我和小夢去導師辦公室一趟，氣急敗壞地詢問事發經過，其實我還沒時間說完，她就說要用不正當男女關係記我跟小夢兩支小過，還要見我們的家長。

劈里啪啦罵到我們狗血淋頭，一堆課業為重、男女有別的訓話，我這輩子已經聽過太多次，老調不斷重彈的情況下，大概三分鐘之後我就沒有在聽，就只是低頭表現出懺悔的姿態，希望能罵完就算了。

那兩支小過如果記在我身上，大不了我做個一年份的校外義工，扣掉的操行分數遲早會補回來。不過……這對小夢非常不公平。

「這跟小夢沒關係。」我淡淡道。

班導像是被點燃的火藥，大聲罵：「一個巴掌拍不響，怎麼會沒有關係！」

我們的班導是五十幾歲的媽媽級女性，雖然是女生可是發起飆來可不留情面，對班上同學的成績和品行極度要求，已經到古板瘋癲的程度，所以大家私底下都叫她「瘋后」。

導師辦公室還有其他老師，只是他們見瘋后破口大罵學生也不是一次兩次，所以早就當作沒有聽到，沒露出太多意外的神情。

「我知道錯了，只要記我小過就好。」

我頭低低，語氣很誠懇，沒去看和我並肩而立的小夢或是坐在面前的瘋后。

「我要記誰小過是由我決定，你越是囉嗦，我越是想記。」

「那我等等就去偷李宜葳、陳妙慧、楊文泱、葛雅婷、宋懷妍的內褲好了……我想讓她們都被記小過。」

我隨便唸幾個班上功課好的女生名字，果不其然瘋后就爆炸了。

「叫你家長過來！馬上！我要看看是誰家的孩子嘴巴可以硬成這樣！去打電話！」瘋后大拍辦公桌，怒指小夢，「妳可以離開了，現在是我和他的事，但是我奉勸妳，別跟這種人在一起。」

「這種人」當然就是指我，小夢很猶豫地看我幾眼，從她微微抿起的脣就看得出來是在嗔怪我幹麼要頂撞老師，可是抿半天還是沒有離開。

「還不走！妳也想叫家長來跟我談談嗎？」瘋后下達最後通牒。

我給小夢幾個不用擔心的笑容，她才悻悻然地離開導師辦公室。

「過程就是這樣，我統統都招了。」

面對哭得梨花帶雨的五姊，我真的沒有一點保留。

「萬一、萬一你被留級怎麼辦！笨蛋！笨蛋！笨蛋！笨蛋！居然跟瘋后頂嘴！我……我真的會被你氣死……笨蛋！笨蛋！笨蛋！笨蛋！」

每說一次笨蛋，五姊就打一次我的腦門。

「再打要變白痴了啦！」我撥開五姊肆虐的手。

「變白痴才好，你才會乖乖聽話……大不了……大不了……我照顧你就是了……嗚嗚嗚……」才凶沒幾句，五姊又哭了，用我的衣襬擦眼淚。

「……別哭了，沒那麼容易留級，我說真的。」

餐廳裡，只有我和五姊坐在一起，餐桌上有幾盤漸漸冷去的佳餚，都是五姊煮好的，等大姊回家就能夠開飯了，而大姊當然是被叫去學校跟瘋后面談。

我的偷內褲事件，在整個學校早就傳得沸沸揚揚，三年級的五姊剛聽見的時候簡直嚇傻了，書包拿起來急匆匆就要回家，連晚自習要考試都不管了。

「不過……這是四姊陷害你的不是嗎？你應該告訴老師，這只是惡作劇而已……真的，沒有惡意，龍龍絕對不是變態。」

「……沒關係，反正就這樣了。」

「什麼叫做沒關係！」五姊又氣呼呼抹掉眼淚，「為什麼不乾脆說是四姊偷的呢？明明就不是你啊。」

「這樣，四姊不是會很難過嗎？」

我將身體靠在椅背，還是有幾分無奈，雖然我很氣四姊的行為，可是要我當抓耙子告四姊的狀，我做不到。

五姊聽我這樣說，微微一愣之後也沒說話，反正事情的結尾都要等大姊回來才知道。

沒有等太久，餐桌上幾道菜還冒出淡淡的煙，大姊就回到家，高跟鞋一腳一個踢開，包包也亂扔在沙發上，踏著凌亂的腳步走進餐廳，表情沒有多少變化，從冰箱拿出啤酒，用手夾起一根香腸放進嘴裡。

「大姊，妳還沒洗手欸。」五姊糾正。

「沒辦法，太餓了，我都畢業幾年了，瘋后還是一樣囉嗦。」大姊根本不管，狼吞虎嚥掉第二根香腸，「叫三妹出來吃飯，我已經快餓死了。」

「啊結果勒？」我直接問。

「搞定了，你要校園服務一百個小時，負責打掃社團教室。」

大姊說到一半，頗有意味地橫了我一眼，繼續說……

「還要取得徐心夢同學的原諒。」

我以為事情結束了，可是還沒。

兩天後的晚上，該回家的人都回家，整個家格外熱鬧，可是我因為無聊所以窩在電腦前打電動，和雲逸在虛擬的世界中組隊，挑戰各式各樣的妖魔鬼怪。

戰況正到激烈之處，我原本全神貫注，卻被視窗下一排小小的光亮吸引，我的通訊軟體發出聲音，提醒有人找我。

剛看開頭，是一個全然陌生的名字，叫「永生永世闇魂血族a小金」，這種中二爆表的暱稱我真的一時之間想不出是誰，後來看內容才知道……

是我四姊。

『別以為我會跟你道歉，你這個白痴、愚蠢、遲鈍、下賤、好色、無恥、卑劣的背叛者，我絕對不會放過你，這次只是意外，我才不會認輸，就算你沒有說出是我偷的，那也是你太笨，休想得到我的感謝！』

根本是莫名其妙的一段話，我甚至懷疑四姊是不是找錯人了。

『對，我就是在說你，李狂龍。』

四姊送來的下一句話除去我的懷疑，可是讓我深陷更困惑的情況。

『怎麼了？』

『你現在一定很恨我對不對？氣到想殺掉我對不對？』

『不會欸。』

『愛說謊的傢伙，你讓我被大姊罵得羞恥，我一定要徹徹底底地報復，讓你痛苦。』

『我是說了什麼謊？』

『你不要再辯解了，我絕對不會原諒你，包括那個徐心夢，我也不會原諒！』

又扯到小夢，實在讓我感到有點不滿，所以語氣強硬了點。

『四姊，妳再陷害我，就別怪我反抗了喔。』

『來啊！我一定會摧毀掉你喜歡的東西，讓你痛不欲生。』

沒想到得到的竟是這種回應，讓我更加不高興地反擊，『那我也要破壞妳最喜歡的東西。』

『沒關係，儘管來！如果你找得到我最喜歡的東西，我就跟你道歉。』

四姊也撂下狠話，可是在電腦前的我卻深深嘆一口氣，覺得姊弟之間實在不應該這樣吵架，所以改用更柔和的口吻。

『四姊，我們面對面談一談吧，我去妳房間找妳。』

『不要，我不要跟你談！你敢過來我就尖叫，說你想要侵犯我。』

『…………』

我特別點了一大串來表示我有多無言。

『反正，你給我等著瞧！你欺負我，我一定會報仇！』

永生永世闇魂血族a小金下線了。

速度快到我還來不及問，我到底是哪裡欺負她了，四姊雖然只大我一歲，可是從小到大她比我還像男孩，大部分的時間都是她在欺負我好不好！

還記得有一次，大概小學二年級或是三年級，四姊不知道是吃錯藥還是怎樣，在放學後的學校操場挑釁高年級的學長們，原因似乎是躲避球場上的糾紛，結果他們不用躲避球一決生死，改用拳頭互毆，這也就算了，我在旁邊邋鞦韆看戲，沒想到幾位凶神惡煞的學長就過來扁我。

四姊就只扔出一句「姊弟有難同當」，害我在那邊被人家打了一個下午。

就算我也打翻兩、三個學長，可是落得滿身是傷，一回家又被大姊打一頓，換四姊在旁邊看戲。

印象很深刻，我癱在椅背上回憶，企圖搞清楚我和四姊之間到底發生啥事。

依然是沒有答案。

坦白說，我真的知道四姊最愛的東西是什麼——

那是一個很精緻的雕花鐵盒，大小大概和鍵盤差不多，長條型，鐵灰色，上面有鎖。

聽說是爸爸買給她的，所以她格外珍惜，幾年前還能看見四姊抱著鐵盒擦拭，但是這幾年已經很久沒看到了。

我知道那個鐵盒一定還在，因為那是四姊唯一連五姊都不願意分享的物品。

如果四姊真的太過分的話，我也只能採取非常手段了。

與四姊聊完沒多久，我發呆想了一會事，此時抬頭看看時間，也才九點多，沒想到剛好同一時間五姊打開房門。

我回頭一看，她已經穿好整套的熊貓睡衣，明顯已經刷好牙、洗完臉，一副就是準備要睡覺的模樣。

「妳還記得四姊最愛的那個鐵盒嗎？」

我決定用旁敲側擊的方式。

五姊沒開口，只是點點頭，她的馬尾左右擺動，繼續往床的方向爬去。

「知道四姊放在哪嗎？」

「不知道，她不喜歡人家碰那個鐵盒，早就藏起來了吧。」

嗯，當五姊願意說話，那事情就解決一半了，可以開門見山。

「這兩天，有人惹妳生氣嗎？」

我一邊問、一邊走到床緣坐下。

五姊已經蓋好棉被，進入睡眠的標準程序，所以有點不耐煩地說：「沒有啊。」

嗯，這語氣，代表一定有。

「是誰惹妳？告訴我吧。」

「哪有。」

「裝傻，是四姊嗎？」

「才不是！」

「那就是大姊了。」

「不對。」

嗯，她說出不對，那就表示我還沒猜對而已。

「三姊勒。」

「沒有，你不要再問了。」

「靠……該不會是我吧。」

「……」

短暫的沉默過去。

「真的不是啦，不要瞎猜。」

我偷偷鬆一口氣，萬一又是我惹到五姊，她和四姊聯合起來的話後果不堪設想。

經過我鍥而不捨的利誘與旁敲側擊的探問之下，五姊才有一句沒一句地說出這兩天心情不好的原因。

理由很簡單，瘋后是我們班班導外，也同時是五姊班上的英文老師，每一次上英文課，瘋后總是會找機會修理五姊，要不是嚴厲批判我們姊弟家教有問題，就是酸溜溜要小心我偷家人內褲。

「五姊的任何東西都能給龍龍，所以你根本不需要偷啊。」五姊噘起嘴，不甘願地說：「就算我反駁了，瘋后還是不相信我！」

「……」

我怎麼覺得好像中了一槍。

「我們五個姊姊內褲都晾在陽臺，要拿去用隨時都可以，幹麼要偷？真的氣死我了！」

「……五姊，這樣不是越描越黑嗎……」

而且我偷姊姊的內褲是要用在哪啦！

「過來。」五姊對我招招手，「讓你受委屈了，我抱一抱。」

「我並沒有委屈。」我實在不想過去。

「快點！」五姊抖抖腳。

沒辦法了，迫於無奈之下，我只好爬上床，躺在五姊柔軟的大腿上，讓她輕輕用手指梳著我的短髮，一遍又一遍，弄到我頭皮有點滲血。

房間好安靜，我枕在大腿上想些雜事，五姊終於放過我的頭皮，以指尖滑過我的耳朵、臉頰、脖子，最後雙手一緊，將我抱在懷裡，胸部壓在我臉上，讓我有幾分窒息的危險。

「真的好想保護你一輩子。」五姊在我的耳邊輕輕說。

「嗯，謝謝。」我在她的乳溝裡面回應。

衣櫃上的超大型熊貓布偶露出沒消退過的笑容，只是此時看起來就像在取笑我們姊弟幼稚。

校園服務出乎我想像的累。

我被派去打掃社團教室，在術科大樓的地下室，一整排都是給各大社團使用的教室，衛生環境真的有點惡劣，尤其是以男生為主的社團，譬如說籃球社、棒球社、拳擊社……就特別髒亂，相對的，女生為主的美工社、朗讀社、手語社則乾淨多了。

不敢讓五姊知道我在這裡，要不然她肯定會蹺掉晚自習來幫我打掃。

我唯一的幫手就是小夢，雲逸這見色忘友的混帳和映河妹打得火熱，每天一放學就是去映河高職接人。

「妳太累的話，先休息一下吧。」我指了指身後一臺龐大的椅子，「棒球社居然有電動按摩椅，未免太扯了，不用可惜欸。」

「沒關係。」

小夢拖著棒球社那原本是白色、現在是黑白相間的地板瓷磚。

「我快要拖完了，等等打掃完朗讀社，再回來用按摩椅吧。」

「那等等妳先吧。」

「好喔。」

「妳都不會婉轉拒絕一下嗎？」

「幹麼要浪費時間，我想要就說啦。」

我們之間的對話真的像一對老朋友，反正語意也沒啥重點，就是胡扯亂講這樣。但是只要小夢願意陪我一起打掃，這痛苦的時光彷彿一下子便縮短許多。

這樣到底算是什麼關係呢？我從頭到尾都不敢問，就是怕摧毀中間的美好。

不過有幾點非常可疑，我早就在心中用條列式一條一條分析過無數遍。

第一，是我偷竊她的內褲，在美術課的報告上，我強忍羞恥說我想要，她居然就這樣原諒我了，每天和我有說有笑，好像我根本沒偷過似的，這是不是代表她喜歡我？

第二，我打掃社團教室已經進入第五天，小夢天天在放學後來陪我打掃，要知道她可是受害者，還願意進來這種臭死人的地方幫我，這是不是代表她喜歡我？

第三，小夢常常和我說生活上發生的各種瑣事，在不經意之間我們常常有肢體接觸，她也沒有避開，這是不是代表她喜歡我？

小夢一直說，想要就要開口說，到底是不是在暗示我應該來一個正式的告白？雖然有這種疑惑，可是我不敢驗證出答案。

當我陷入放空一般的思考模式，時間就會變得特別快，雖然雙手一直都沒有停下來，但是很快就打掃完今天的額度。

小夢收起拖把，三步併作兩步，如遊魂一樣，一路飄到棒球社社團教室，我連想都不用想，她一定是朝那張電動按摩椅去了。

我帶著淺淺的微笑，尾隨在後面。

小夢顯然是已經研究過了，將整個身子埋入黑色的靠墊與坐墊中，因為她個子太嬌小的關係，彷彿整個人被吞了進去。

「高興嗎？」我蹲在旁邊問。

「嗯……」

她閉起眼瞼，正在享受當中。

我當下便不打擾她，改為研究起這張電動按摩椅，才在後方發現印有某人捐贈的字樣，原來是前陣子棒球隊拿到全國冠軍後，家長會長送的獎品。

這其實不太重要，我拿起掛在旁邊的遙控器，開始研究上面的各種功能，腳底滾輪按摩、多段式零重力、搖籃式連動、零死角全背按摩……小夢開始發出呻吟，當我再按下腰臀全效按摩時，她整個屁股開始前後搖動。

我覺得這樣有點變態，所以趕快關掉。

「很舒服欸……怎麼關了？」

「怕太激烈。」

「喔……」小夢沒再追究，坦蕩蕩地說：「我很想換你坐，可是實在太棒了……所以捨不得離開，抱歉。」

「沒關係。」

真的沒關係，光是能近距離看小夢享受的表情，我就已經很享受了。

牛奶色的臉膚暈起淺淺的粉紅色，微微咬住下唇，那欲罷不能又回味無窮的奇妙神情，不是隨便都能看到的……真的是可愛到我想偷偷吻她的額頭。

不過，我才因為偷內褲差點被記過，強吻下去構成性侵害，我大概就永世不得超生了。

「這樣不太好，你這樣太可憐了。」雖然小夢是這樣說，可是我不覺得她會起來，「要不然，這按摩椅那麼大，一起坐吧……」

「……一起？」

雖然她的確占不到按摩椅的全部，可是剩餘部分根本容不下我坐進去，怎麼可能再多一個人。

「可以啦。」小夢扭動屁股，將自己貼在最邊邊，露出大概五十公分左右的空隙，「你先用身體側面，等等再用另一側，就等於全部都按到了喔。」

「不好吧……」我有點忐忑。

「快吧……太陽都下山了。」小夢沒給我否決的機會。

我轉過身，瞄準一個角度，調整了許多種姿勢，終於能像記憶體插入主機板般，抓準那稍稍的縫隙塞入，可是……我的手不知道要擺哪，要知道小夢幾乎是跟我擠在一塊。

「唉唷，放我身上嘛，舉在空中幹麼？」

小夢拉我的手，攤開手掌，穩穩地放在她的肚子上。

我忽然覺得這隻手，即使在下一秒就被砍下來也算值得了，雖然隔著制服，但是我依然能感覺到上下起伏的肚皮，那吹彈可破的觸感傳達到大腦，讓我的全身上下都石化了。

「舒服吧？」

「嗯、嗯嗯……」

我呻吟幾聲，吐出的氣都噴在她的髮絲上。

我的精神是舒服的，可是我的肉體是痛苦的，這個姿勢完全違反人體工學，尤其是肋骨和骨盆被刮得超痛，這到底是什麼爛點子，等等換邊，我是不是還要再痛另一面。

「奇怪……是什麼硬硬的東西頂到我大腿？」

小夢疑惑地問，伸手要下去抓，好險我眼明手快先抓住她的手。

「那、那那是……遙控器。」

「喔，那你把它拿走吧。」

「好的……等我幾秒……讓我先深呼吸一下。」

很窘迫的幾秒鐘過去，實在是沒有任何辦法了，我就算想像我老爸意外身亡的模樣都不能阻止。該死的「遙控器」一點消退的跡象都沒有，真的到了無可奈何的程度。

「我拿不走……卡住了……我要起來才拿得到。」

「好吧。」

非常狼狽地逃開，雖然這張電動按摩椅帶給我這輩子從未有過的美妙，可是為了我的大好將來不必在監獄中度過，我也只能依依不捨地離開。

然後繼續蹲在地上，我現在沒辦法站立。

心中開始默唸我自己掰的往生咒，希望能撫平那股難以控制的悸動。

原本只有按摩椅運轉聲的社團教室裡，忽然——

碰!!驚天巨響！

整個大樓似乎在晃動。

尤其在放學後的校園，爆炸聲傳遞得更快又更遠！

小夢顯然被嚇到，坐挺身子傻乎乎地四處張望，用眼神詢問我發生什麼事。

我沒有任何表示。

只是出乎我意料之外，在爆炸聲震盪的同一秒鐘，我的手機其實也發出提示聲。

有人寄了一封信給我。

而這封信，遠遠比爆炸帶給我的影響嚴重太多太多……

今天好忙。

兩件事左右夾擊，讓我有點應接不暇。

校園內已經沒有人在討論我偷內褲的事了，現在最夯的是校園機車爆炸案，連警察都出動了，自然我那點小事根本不算什麼。

瘋后的機車被炸了，有人在她的油箱裡面點火，一臺中古機車燒得只剩骨架，讓她需要再買一臺代步工具。

瘋后因為懶惰的關係，為了少走幾步路，都不把機車停到校內的停車棚裡，每次都是停在術科大樓外的角落空地，那裡沒有人會經過也沒有人使用，所以就變成她的專屬車位。

於是即使在校內發生機車爆炸案，也只有損失一臺機車而已，嫌疑犯的數量和討厭瘋后的數量成正比，所以整個訓導處擠滿了人——當然也包括我和小夢在內——由訓導主任和教官共同訊問。

長長的人龍排到門外，大多的嫌疑犯在竊竊私語，不過大致上心情都非常愉悅，尤其是聽到當時正在三年級教室上晚自習課的瘋后崩潰大哭，直嚷嚷現在的學生太可怕，要考慮是不是要轉校任職或是提前退休以後。

我能看得出來訓導主任一個頭兩個大，畢竟瘋后開出來的嫌疑犯名單整整一百二十七人，還不包含已經畢業的校外人士，要一一訊問幾乎已癱瘓掉整個訓導處。

終於輪到我和小夢，像是老了許多歲的訓導主任問我們爆炸時人在哪裡，小夢搶先說當時我們正在努力、認真、勤奮地打掃社團教室，那整潔乾淨的社團教室就是我們最佳的不在場證明。

揮了揮手，訓導主任就讓我們回教室。

現在是午休時間，所以當我們漫步在走廊上時，周遭實在非常安靜，除了偶爾從籃球場傳來的吆喝聲和教室裡傳出的打呼聲外，幾乎沒別的雜音。

我和小夢並肩走在一塊。

「瘋后真是活該……平常她高高在上，根本看不起所有人，開口閉口都是辱罵，也難怪有人要炸她的機車。」小夢壓低聲音說。

瘋后的惡形惡狀早就已經是這所高中的十大傳說之一了，早在遠古時期我大姊在讀書的時候，就聽過她用六個字的髒話問候過瘋后的祖宗十八代了。

「是啊……」

我隨口應聲，卻擔憂著心中的另外一件事。

「我覺得……甚至可能是其他老師放火燒的，瘋后在學校裡仗著自己資歷深，欺負很多新來的老師欸……」說到這，見我有點失神，小夢關心地問：「怎麼了嗎？」

我趕緊將思緒拉回來，輕聲道：「沒有，在想家裡的事。」

「如果有煩惱，記得告訴我，我想要聽。」她彎起好看的嘴角。

我突然有一股衝動想告訴她，可是還不行，我沒有把握推估她的反應，更別說不管是有反應或是沒反應，對我而言都是一件滿悲哀的事。

走向教室，還沒有到，我就已經看到大姊在門口等我。

很難得，大姊有花心思打扮過，和家裡連內衣都不穿的邋遢樣截然不同，腳踩黑色亮皮高跟鞋，穿一件深藍色的直筒緊身牛仔褲，這身打扮將她原本就不矮的身高襯得更高，更別說她最驕傲的一雙長腿更搶眼了。

還有幾公尺，大姊就朝我招招手，手腕上的諸多銀飾發出聲響。

「妳姊姊嗎？」小夢問我，卻沒有看我。

「嗯，大姊。」

「好漂亮……外加好有能力的感覺。」

「還好吧。」

我不敢說大姊在家連按摩胸部這種事都要弟妹代勞。

「快去吧，別讓大姊姊久等。」

在小夢的催促之下，我勉為其難地跑過去，心中難免覺得奇怪，大姊五指不沾陽春水，在家就已經懶到不行，家長會、親師懇談、校慶運動會從不出現，怎麼會在這種時候到學校來。

大姊沒有解釋，在午休結束之前，將我領到一間輔導室旁的空教室，裡面等待我的居然是……瘋后。

「跟我來吧。」

我完全不知道大姊怎麼又和瘋后見面，尤其是跑到空無一人的教室見面。

這裡有三個人，彼此呈三角形站著，可是大姊一下子就打破這個平衡，一手搭住我的肩，還算有禮貌地說：「老師，我弟弟這副蠢樣是不可能炸妳的車，不信妳可以訊問一下。」

沒想到，瘋后會一口咬定是我燒掉她的機車。

「你們家就是這副德行，妳小時候在學校就是問題人物，妳弟弟是能夠有多乖？」瘋后一貫地批評。

「真的嗎？」大姊搭我肩的手一拉，「龍龍是你燒老師的車嗎？千萬不要騙我喔，讓老師這麼急著叫我到學校賠錢，就已經很罪惡了，要是真是你幹的還敢說謊，那我絕對會揍人喔。」

從小到大，我和二、三、四、五姊不管是做什麼壞事，大姊總是能用一個眼神看穿，所以我說謊根本就沒有實質上的意義，只是在瘋后面前還是得鄭重澄清一番。

「報告老師，爆炸那時候我和小夢正在打掃社團教室，她可以替我作證。」

我在大姊的質問之下顯得特別乖巧。

「哼，你們兩個曖昧不清，一定會互相作偽證。」瘋后不管怎樣都不相信。

「術科大樓一定有監視器拍到我吧。」

「我沒看到。」

「反正真的不是我，如果有還請老師拿出證據。」

「……這就是你們李家的標準手法。」

瘋后睜開臃腫的眼皮，雙眼不懷好意地飄動。

大姊用力捏住我的耳朵旋轉，怒叱：「說！你是不是在欺騙師長。」

我冷靜否認：「絕對沒有。」

「嗯……那大姊相信你。」她朝瘋后露出極為虛假的笑容，「老師要我賠償絕對不是問題，可是萬一錯過真凶才是真正的問題，我們現在應該是要趕快找出大逆不道的凶手才對。」

「哼哼，胳臂向內彎我知道，不要讓我找到證據，如果讓妳弟弟留下案底，可不是用幾萬塊就可以解決的。」

「一定不是我家龍龍幹的，我保證。」

「妳又知道。」

「……」大姊此時斂去所有笑容，冷冷地說：「當我說出保證，就會給妳負責到底，不管是妳知道還是我知道都不重要，重要的是證據。」

瘋后愣了幾秒，恢復後轉頭就走，順便撂下一句狠話。

「就不要讓我找到證據，妳會後悔的。」

後來一直沒有找到炸車的凶手，這件事就不了了之，在校園內成為一個無解之謎。

「是你炸掉瘋后的車……對不對。」

炸車案發生的第三天，小夢在某一節下課，忽然走到我的座位邊，無視雲逸正在跟我說話，便彎下腰在我耳邊說出此言，而且還是肯定句，不是疑問句。

「對，是我。」

這是我的回答，小夢沒有一點驚訝，走了過去沒有任何表示，頂多拍了拍我的肩。

大姊看我的第一眼就知道是我幹的，可是她沒有問我為什麼，只有提醒我要收拾乾淨，不要遺留任何證據，想必她大概也能猜到我憤而出手的原因。

瘋后可以當眾羞辱我，可是她不可以在課堂上羞辱五姊。

忍耐這種東西就像無底的水管，原本不管倒多少水進去都不會滿，可是當有人扔下石塊堵住底部，宣洩不止的水就會瞬間溢出管外，再也無法承受。

當瘋后扔下石塊，我小小的報復計畫就啟動了，目標不用多想就是她的機車，每次她的車總是特立獨行地停在沒有人停車的地方，因為她的不守規矩，反而給我一個方便下手的機會。

我調查好瘋后的課表和她的作息以後，便選在晚自習第一節課動手。

就是這樣，我沒有猶豫，也沒有得手之後報復的快感。

我只是去房間偷四姊製作的定時器，再把定時器設定好時間，塞入瘋后的機車油箱內，碰，結束。

整個事件真正讓我意外的反而是小夢。

我很肯定整個過程中，我沒有留下一點破綻，甚至連監視攝影機我都刻意避開，打開油箱扔進定時器只是短短的幾秒鐘，保證沒有人會看到。

可是……小夢卻知道我是犯人，而且還沒有報告老師，反而替我證明當時在打掃社團教室，給我完美無缺的不在場證明。

不過，算了，這已經是過去的問題，而現在的問題則在我面前……

五姊那隻超大型熊貓。

我坐在床上和它面對面互看。

一個沒有生命的布偶，理論上是不可能和我「互看」的，可是這隻熊貓不一樣。

因為它左邊的黑眼圈內，藏著針孔攝影機。

這一切都是一場陰謀，四姊華麗無雙的手段。

那一天，遠在我在房門外偷聽四姊的那一天，四姊就已經啟動了斬斷桃花的計畫，杜絕我和任何女生交往的可能。

她知道我在偷聽，她是故意讓我偷聽的。

特別說出「我要用照片，一張照片毀掉他們」這句話，就是要讓我鬆懈，只找到藏在日光燈中的第一個針孔攝影機，卻忽略了剛被毆打完、讓人無限同情的熊貓布偶裡……有第二個針孔攝影機。

用照片毀掉我們，四姊一點都沒說錯，在機車爆炸的同時，她寄出一張照片到我的手機裡。

畫面中，我躺在五姊的大腿上。

明明就是很單純的姊弟之情，照片卻看起來真的有幾分曖昧，而且這還不是我最擔心的事，畢竟四姊手上絕對不只有這張照片而已。

比起只是嘴巴很壞的瘋后，四姊才是真正的狠角色。

「一定要這樣嗎？四姊。」

透過熊貓的眼睛，我希望四姊能看見我沮喪的模樣。

四姊從小就已經展露出很特別的天分，她對於各種古怪道具的製作非常有一套，大部分都是用來惡作劇居多，所以我才會潛入她的房間偷出會定時燃起一點小火花的巧妙道具，順利地炸掉瘋后的機車而沒有留下任何證據。

她是魔術社的社長，手法當真是非同凡響，要不是我刻意去找，藏在熊貓眼裡的攝影機，我根本一輩子都找不到。

目前我是孤身作戰，四姊那邊可能還有大姊襄助，情況已經非常惡劣，誰知道就連五姊的表現都讓我失望。

我拿出手機給五姊看，原本希望能尋求同仇敵愾的支援，可是我大錯特錯了。

「嗯，拍得滿浪漫的。」

這是五姊對偷拍照片的評價。

我不死心，告訴她萬一這照片傳出去，在學校一定會被人指指點點。

「我沒關係欸，因為我最喜歡龍龍了啊。」

這個人已經天然呆到無可救藥，一點都不在乎後果。萬一這張照片讓學校知道，我也就罷了，大不了光棍到高中畢業，可是無辜的五姊形象大損，就不會再有男生追求她了。

四面楚歌，腦袋裡充滿了這句成語。

到底還有多少照片在四姊手上呢？我幾乎不敢去細數，因為光是我全裸在房間裡換衣服，就不知道有多少次了。

這要是散播出去，我和小夢好不容易恢復的關係……大概是很難維持了。

現在只有一個方法可以反制四姊，就是那個神祕的鐵盒，如果能夠找出來，不管是怎樣的條件，四姊必定都會答應。

不過問題是，前幾天我進去她房間偷定時器時，就已經順便搜索過一次，結果完全沒有任何發現，恐怕我還得找個時間去大姊、三姊的房間尋找看看。

在這之前，只能對四姊投降了。

我走到四姊永遠關上的房門前，腦袋裡沉甸甸的，可是手還是輕輕敲了敲。

房門沒鎖，我知道，這是李家的習慣，不過我沒有開門。

「幹麼？」房內的四姊有點慌張，像是在收拾東西，「不、不准開門喔，聽見沒有！」

「我是來舉白旗投降的，四姊，開門吧。」

「在門外說就好了，別、別開。」

「我希望妳偷拍的照片可以還給我，不要洩漏出去，這樣對五姊的名聲可不好吧。」

「那又怎樣！五妹一定覺得沒差吧。」

果然是我最不想見到的狀況，五姊早就知道四姊放針孔攝影機了，居然可以讓超大型熊貓布偶開膛破肚都沒關係，可見五姊很贊成四姊的行動。

我幽幽道：「如果能刪掉照片就好了……」

「不、不准用可憐兮兮的語氣跟我說話！」

「四姊……妳要怎麼折磨我和虐待我，我、我都欣然接受，只求妳把照片刪掉。」

「……」裡頭的四姊大概沉默了一分鐘，「我才不要折磨你和虐待你……我只是貫徹大姊的命令而已。」

「我該怎麼做呢？」

「和徐心夢分手，刪掉所有的聯繫，在學校不准跟她說話、不准看她……一眼都不准！」

大姊的命令絕對沒有規定到這麼詳細，這擺明是四姊自己加油添醋。

「萬一，是小夢找我……」

我說到一半，就被四姊狠狠打斷：「也不准叫她小夢！」

「萬一是徐心夢找我說話呢？在美術課裡我們還是同一組，怎麼可能不說話？」

「嘖，美術分組報告早就結束了，休想騙我！」四姊提高音量後又沉默了片刻，「如果這個女人敢再勾引你，我會親自出手對付她。」

「嗯……我知道了。」

我離開四姊的房間，這一切都沒什麼好談了，除了讓四姊屈服之外，已經沒其他辦法了。

不過這個禮拜六，我和小夢要去約會……又該如何是好？

難道這幾乎要成為我這輩子最幸運的一天，就要被活生生地扼殺掉嗎？

不，我絕不允許。

說是這輩子最幸運的一天，看來是誇大了。

原因很簡單，我萬萬沒有想到會是四人約會。

小夢私底下約了雲逸一起，所以雲逸就提起勇氣邀約映河妹，結果就是我們在約定好的超商內，映河妹遲遲沒有出現，後來才一通電話說家裡有急事，所以沒辦法過來了。

好好一場約會，居然多了一顆超大的電燈泡。

今天的天氣可以說是非常完美，太陽剛剛好不算太熱，還有一點點微風，氣溫大概維持在二十六度上下，UV指數六，溼度百分之二十五，降雨機率百分之十，扣除雲逸的話，簡直是為約會而生的日子。

至於為什麼我知道得那麼清楚，是因為我昨晚查天氣預報整整三十幾次，當然會背得一清二楚。

西門町，我們搭捷運來的。

一路上雲逸哭喪著臉，還讓小夢安慰他幾句。

說真的，小夢是一個很善良的人，知道雲逸那近乎變態的偷窺嗜好後，還敢跟他當朋友，這真的很不簡單。

我們三人一出捷運站出口，我頓時有幾分茫然，西門町我來過無數遍了，卻從沒有在這跟人約會過，所以到底要怎麼開始，我毫無頭緒。

「出口旁邊有賣楊桃汁，我們去喝喝看吧。」

居然是雲逸率先開口，顯然他昨天已經將整個西門町調查得清清楚楚，甚至都設定好所有行程了。

雲逸帶路，我和小夢落在後面一點，總算讓我們有一點說話的時間。

「雲逸很可憐，等等多安慰他一點。」

小夢撞了撞我的手臂，她今天穿得非常可愛，上半身米白色七分長的蓬袖縮口上衣，下半身一件到膝蓋的黑灰色蛋糕裙，頭頂戴毛線編織的漁夫帽，而且耳垂還掛著一雙小巧的耳環，這倒是第一次看見。

「嗯，好啊。」

其實妳說什麼都好，我心裡想，只是沒有說出來。

雲逸一個人拿三杯楊桃汁走過來，此時我的手機響起，我給他們一個抱歉的表情，便走到旁邊，因為這通電話不方便被聽見。

「……龍龍，你在哪裡？」是五姊。

「我在逛書局，想買幾本參考書，有告訴大姊了。」

「怎麼不找我？今天早上起床就沒看見你。」

「我看妳睡得很熟，就想說不要叫醒妳。」

「……嗯，好吧，你要早點回來喔，在路上要小心，聽到了嗎？」

「我知道。」

我知道，五姊還有很多話想要交代，可是我很殘忍地結束通話，畢竟連睡都睡在一起，回家再聊應該沒有關係。

我回歸隊伍，一樣是跟在雲逸屁股後面，開始進入人擠人的西門町內，這是無可避免的壞處，天氣越好自然人潮越多，我盡量護在小夢身邊，就是怕她個子嬌小，不小心便被人海給淹沒。

持續前進，我們來到著名的紅樓。原本我單純地認為它就只是一間老房子而已，後來特別去查資料，原來紅樓已經有一百多年的歷史，歷經了許多動盪，可是它依然屹立不搖地矗立於此，一直在履行它的責任，從劇場、戲院到現在的文創中心，它一直都在，讓我對它多了幾分原本沒有的佩服。

外頭有一個創意市集，小夢的雙眼在發光，撇開我和雲逸獨自亂晃亂逛，現在反而是我們跟在她屁股後面。

進入紅樓以後，我們又發現這裡還有個極具特色的文藝創作工房。

小夢變了，簡直就像是誤入鹿群的老虎，不受控制地攫取一切。

我跟不上她的腳步。

人影交錯之間，便失去了小夢的身影。

周圍無數的人與我擦肩而過，彷彿讓我淹沒於人堆之中，不知道是中二病還是高二病發作，我忽然覺得有點惆悵。

小夢對我而言，是一個虛無飄渺的存在。

我想緊緊握住她，可是總有無限的誤差讓我放手。

就如現在的茫茫人海裡，小夢這樣消失不見，好像我的執著一點意義都沒有。

「唉……我是真的很喜歡妳啊。」

在吵雜的環境裡，我說出一直很想直白說出口的話。

曾經，有一個人告訴我：「告白只是一個勇氣的象徵，代表你勇於面對自己的心意，至於結果那不是你能掌控的事，就乾脆不在乎吧。」

因為這句話，我成了告白狂魔，到處去和欣賞的女性告白，導致我的告白比廉價的抽取式衛生紙還不如，無數次的挫敗以後，我才終於理解這句話的真諦——**告白就是因為耗盡勇氣才顯得珍貴，到處告白的告白根本就不算告白啊。**

於是，我沒勇氣了，非常擔心告白後反而會破壞掉我和小夢的關係，學會謹慎的同時，我也開始變得膽小。

「妳到底離我多遠呢？」

我垂下肩，但就在同時，有人緊緊握住我的手。

「我在這。」

小夢突然出現，讓我嚇一大跳，擔心剛剛的自言自語是不是被她聽見了。

「這樣不及格喔，萬一是跟女朋友約會，你一下子就弄丟對方怎麼行？」

我淡淡笑著，沒有放開她溫暖的手。

「接下來我們去松山菸廠拍照吧。」小夢走在我前面，牽引我的方向，「跟好我，千萬別放手，知道嗎？」

「知道。」我說。

碰巧這個時候，我的手機再度響起，一開始我以為是被我野放的雲逸打電話來找人，所以打算當作沒聽到就算了。

可是找我的不是電話。

而且找我的也不是雲逸……

是四姊。

和四姊給我的電子郵件。

當我在捷運站前打開四姊寄來的信時……

一陣冷風毫無徵兆地襲來，原本一片晴朗的天空頓時出現陰霾，暖暖的太陽不見了，被灰黑的烏雲遮蓋。

所有人都加快腳步進入捷運站，以為待會要下起雨。

但是對我而言，來臨的不是雨，而是極致且完美的「風暴」。

第四條　弟弟不准有任何隱私

「手機可以借我嗎？」我不好意思地對小夢說：「我的手機快要沒電，可是我在等一封很重要的信。」

「請我喝飲料就沒問題。」

即使麥當勞外下起了雨，小夢此時的笑容就代表晴天。

我們兩個雖然坐到靠近松山菸廠的捷運站，但是一走出來見到天空落下的雨，就打定主意先找個地方避避再說，剛好旁邊又有一間麥當勞，可以吃點東西順便等雨停。

替小夢買了一個快樂兒童餐，我和她面對面坐著，手上握著自己已經關機的手機，不能控制地發抖，眼前的幸福時光逐漸變成泡沫，隨時有可能消失不見，能多看她可愛的吃相幾眼就是幾眼。

「你不吃嗎？」小夢問我，嘴邊還殘留一點美乃滋，萌到我想伸手去擦，「為什麼只喝咖啡。」

「呵呵，我不餓啊。」

我很餓，但是我怕現在吃的東西會吐出來。

小小的漢堡在她小小的嘴中漸漸變小，她蹙起眉，哀怨道：「為什麼買給我快樂兒童餐呢？只能填我的牙縫而已。」

我有點分神地說：「還想吃點什麼？」

「嗯……」她側過頭，不經意地看見旁邊的玻璃帷幕，鼓起雙頰說：「喂，我臉上沾到東西，你都不提醒我一下喔。」

「我不太好意思……」我尷尬地笑笑。

「媽媽老是說，我吃相很差勁。」小夢咬著半截薯條，惆悵地說：「身為我的朋友，守護我的臉，是你應盡的義務吧？」

「是的……」

「拿去。」她遞給我一張紙巾，將臉湊過來，「試試看。」

我左手扶持右手，右手拿紙巾輕輕地擦掉她嘴邊的美乃滋。

「滿分！」

她朝我燦爛地笑，拿起一根薯條就塞進嘴裡，因為邊笑邊吃的關係，有一小塊掉在米白色的衣服上。

這次我學乖了，眼明手快，在小夢的胸前擦了幾下。

「……」

她似乎陷入一種迷惘。

「怎、怎麼了？」

我的手還沒收回來。

她低下頭看自己胸部一眼，再抬頭看我一眼，再低頭看自己胸部一眼，再抬頭看我一眼，忽然臉一紅，扭過身體去。

我終於知道哪裡不對勁了，因為平常胸部摸得太多，多到已經忘記這是不能亂摸的部位，現在該怎麼辦呢？都是大姊害的啊！

「不要生氣……」我立刻拉開衣服，半裸地呈現在小夢面前，「請、請摸。」

「誰要摸你！色鬼！」小夢踢了我的脛骨一腳，「你真的完全不把我當女生欸。」

「對不起！」我將額頭抵在桌面。

她鼓起雙頰，顯然還處於震驚的狀態，看著我久久說不出半句話，而我顯然也處於震驚當中，對少女襲胸這種事我常常在社會新聞上看見，可是完全沒想過有一天會發生在我身上。

小夢瞇起好看的眼，惡狠狠地說：「再請我吃二號餐就原諒你……」

「這麼簡單？我不用下跪認錯？我不用賠償妳的心理創傷嗎？」

「你想下跪？」

小夢一手按在我的肩，怪裡怪氣地觀察我。

我就算再傻也知道該乖乖說：「我等等就去排隊。」

「嗯，那我去化妝室。」

見小夢暫時離開，我氣惱地用牙齒咬自己右手，痛到我面紅耳赤為止。可是我目前所要面對的窘境不只這樁，就在我準備起身要去排隊時……

小夢借我的手機響了。

我顫抖著手，緩緩將其點開。

配上麥當勞店內的歡樂音樂，強烈的對比不斷衝擊我的腦袋，現在我的配樂應該是鬼來電才對啊，手機裡跳出了極為駭人的影像。

我和五姊嘴對嘴親吻的相片。

早在離開之前我就收到四姊寄來的照片，我不知道為什麼四姊會知道我和小夢在約會，所以凶巴巴地使出大絕招，打算一發就摧毀我和小夢的所有可能。

這是正式的開戰宣言，四姊打算玩真的。

好險，我早有準備，先得到小夢的手機來個守株待兔，果然被我攔截到這張致命的照片。

刪除照片，我排在隊伍的最尾端，滿腦子都是問題。

尤其是……

「五姊，妳為什麼要幫四姊呢？」

「五姊，妳為什麼要幫四姊呢？」

「幫什麼？」

「嗯。」

我翻過身去，不打算再說話了，和小夢去玩了一趟回家，體力也幾乎透支，更何況依我對五姊的理解，此時我不說話才是最好的說話方式。

五姊苦著臉，用手指頭戳戳我的背，「……幹麼不跟我說話呢？」

「四姊拍下了我們親吻的照片。」

「真的嗎？」

「妳還裝傻。」

「那時候，我就是想親親自己的弟弟，被拍到就被拍到，我有什麼好裝傻的？」

她掀開我的棉被表達自己最大的不滿，我不動聲色地只是將棉被重新拉好蓋在身上。

「你不喜歡，那下次就叫她不要拍嘛，可是、可是姊姊親弟弟是天經地義的吧，欸，看我啦！」揪住我的衣服猛拉，五姊漸漸進入慌張的狀態，「為什麼不跟我說話？又不是我拍的……」

「……妳是共犯。」

「我才不是！」

「沒錯，妳就是。」我決定把話說清楚，「妳竟然忍心讓熊貓遭受這種非人道的待遇，也要讓四姊在它的眼睛裡塞進針孔攝影機，妳對熊貓的愛根本只是假象！」

「……什、什麼？」五姊爬上我的手臂，將臉靠在我的耳邊，一副要哭要哭的模樣，「你說我的熊貓吉的眼珠……被挖出來了？」

「不是妳同意四姊利用熊貓來偷拍我嗎？」

我翻回去，面無表情地看了她一眼。

「才、沒、有！我怎麼可能對熊貓吉做出這種事！」五姊激動到連睡衣的鈕扣都繃開了，從床上爬起抱住旁邊的大熊貓布偶，心疼地抱在胸前，「一定痛死了……是我沒照顧好你……對不起，熊貓吉。」

喂，我才是真正的受害者吧。不過跟一位熊貓痴計較這種事並沒有意義，現在我幾乎能夠確認，五姊沒有和四姊同謀，這可是天大的好事。

「所以前幾天，你給我看的那張偷拍的照片，也是利用我的熊貓吉……拍的？」

「我以為妳早就知道了。」

「我要報告大姊，讓大姊去修理她！」

五姊拎著熊貓就要下床，好險我眼明手快，用美式足球的方式撲倒五姊。

「等一等，不要去報告大姊了。」我趕緊提出更棒的建議，「我們兩個合作，一起對抗四姊吧。」

「怎麼對抗？」

「幫我一個忙就好。」

「好，那、那我們就算和好了。」

「當然。」我將五姊胸前綳開的鈕扣扣好，可是過幾秒之後又再度彈開，無解，

「五姊，我需要妳的記憶力幫助。」

五姊盤腿坐在床邊，雙手揉自己的腦袋瓜子，用慷慨激昂的語氣說：「請說。」

就在這一分這一秒，李狂龍的反擊就要正式開始，我不打算坐以待斃。

不擺平四姊，她無時無刻都有在背後捅我一刀的可能。我必須全力守護和小夢當朋友的這個機會，等到四姊願意接受事實，才能夠鄭重地向小夢告白。

縱使有所謂的長幼有序，但這回……

「對不起，四姊，為了弟弟未來的幸福，就讓我忤逆一次吧。」

五天前，我用通訊軟體聯絡「永生永世闇魂血族a小金」，喔不對，現在四姊的暱稱已經改成「闇魂血族赤眼真后之小金」——看職稱想必應該是有所升級了。

她叫什麼名字並不是重點，重點是我想弄清楚，為什麼她要這樣對我，所有的姊姊都不准我交女友沒錯，但是下狠手的只有四姊。

意料之中，她一概是推給大姊，說是在貫徹大姊的命令，我完全不相信，可是我也問不出真相。

再來，我想偷偷探問她是怎樣掌握我的行蹤，彷彿無所不能，連小夢的手機號碼跟電子信箱都知道，這神奇到不對勁。

四姊這次不是說大姊了，她自稱和闇魂血族的神靈「殤神．淚天」有過精神上的交流，是這位神祇告訴她宇宙間的一切祕密，當然也包括小夢的全部資料。

我有點疲倦，國中二年級就該發作的病，沒想到我四姊拖到高三才病發。

不知道她是不是故意用中二病來逃避問題，但是實際上這次談話我一點收穫都沒有，所有的問題依舊是問題。

我惴惴不安地等了五天。

直到今日。

現在，我鎖上房門，以老僧打坐的姿態，凝視著放在前方的手機。

這是一個禮拜六的下午時分，大姊和五姊出門逛街，三姊向來不管世事，整個家只剩下我和四姊。

準備就緒，計畫在我按下一個鍵後啟動。

我緩緩閉上雙眼，感受環境的安寧，確認自己浸泡在萬無一失的氛圍中，才睜開雙眼，用右手食指點落，前方的手機立刻有了反應。

「噓……讓子彈再飛一會。」

我對自己說，並且在心中倒數。

砰砰砰砰砰砰砰砰砰砰砰砰砰……一牆之隔的四姊房間有了劇烈的回應，那回應之激烈，就像是拿機關槍掃射一般。

讓自己心平氣和，我雙耳傾聽。

四姊衝出房間，二話不說，猛烈敲打我的房門。

「你在嗎？給我開門！快一點！開門！」

噓……我當然不在。

大概三十秒，在我擔心門會被撞破之前，四姊終於認定我不在房間，掉頭就走，碰碰碰碰一路衝刺到我家大門。

大門猶如被卡車突破，發出非常大的開門聲。

我在心中倒數完五秒，立刻縱身一跳，離開床鋪，打開房門觀望。

「五、四、三、二、一……」

四姊已經出門，我的時間有限。

拿出預藏在床底的運動鞋，我用最俐落的身手追出去。

眼見電梯向下，我沒有猶豫，打開樓梯間的門，以五格一跳的方式下樓梯，好險我家住的樓層不高，電梯剛到一樓沒多久，我差不多就到了。

但是我緊急煞車，躲在樓梯間不敢出來，很明顯四姊在東張西望，小心翼翼地觀察附近是不是有人。

我不敢打草驚蛇，甚至不敢探出頭，頂多利用縫隙去看四姊赤裸的腳丫子，試圖猜測她的下一步。

沒多久，四姊信步走出去，進入社區的中央花園，我維持自己發明的五秒跟蹤定律，默唸了五秒鐘才跟上，果不其然四姊還是保持相當的警戒，每走一步就停下觀察。

一定要維持更遠的距離，否則有可能被她發現。

忽然間，我褲子口袋的手機在震動，抬頭一看四姊正持手機放在耳邊，很明顯就是她打電話給我。

好險，要是我忘記將手機調成靜音，現在恐怕已經穿幫了。

她鍥而不捨地打了整整四通電話給我，但是我統統都沒接，此時此刻裝死才能引起四姊更多的焦躁，失去冷靜的四姊會讓我的計畫多添加幾分勝算。

「可惡！混蛋東西！」

四姊放下手機，咬著大拇指指甲，不停繞圈走動。

「萬一打開了怎麼辦？一定會死掉……我一定會死掉……怎麼辦？我要發瘋了！怎麼辦？」

好險現在的花園並沒有其他住戶，要不然看見四姊有如精神病發作的行為，可能會直接打電話報警，那我的計畫就徹底失敗了。

四姊又再度移動，我當然沒有放過，只見她走到幾步外，兩棵等人高的景觀矮木之中，雙膝緩緩落地，極富彈性的屁股坐在小腿上，她還撥開遮住清澈眼眸的紅色髮絲，將髮絲掛在右耳後，讓耳垂的骷髏頭造型耳環重見天日，再雙手合十緊緊抵在眉眼之間，表情嚴肅，略帶一點悲傷，水嫩紅潤的脣瓣微動，彷彿在進行某種儀式。

「降臨於沉淵之境的殤神啊……請賜給您的座前護法赤眼真后無與倫比的血色智慧，我願一生侍奉於您左右，但是在元神回歸於深淵之境前，請讓我橫行於人間，解決三千煩惱，一生無憂無慮。」

……我已經搞不懂，這是中二病還是精神病了。

一個很複雜的手勢結束，四姊總算說完那堆全世界沒人聽得懂的祈禱詞，當她拍拍膝蓋重新站起來時，不知道是不是殤神真的有神祕的力量，四姊變得格外有自信，充滿能量……

持續大概兩秒吧。

四姊又恢復原本焦慮的狀態，不停地跺步，一雙大腿扭捏地互相摩擦，我早就知道殤神・淚天根本就是假貨。

接著，四姊開始轉移到其他地方，我躲在某株一公尺高的盆栽後，有點擔心計畫會失敗，四姊要是不相信我寄給她的照片，這五天的準備就會功虧一簣，失敗收場。

所以她再一次移動，給我再一次的希望，我悄悄地看她再度走到電梯前，並且按了「下」。

這裡是一樓，四姊要到地下室去。

等她進入電梯，我立刻邁開步伐狂奔，從樓梯一路衝到地下二樓，社區的地下停車場。

不見天日，只有幾盞日光燈照明，四姊沒有任何膽怯，在停車場內穿梭，我藉由其他住戶的車掩蔽身形，內心有一股預感，計畫就要成功了。我嘴角反射性地彎起，淺淺笑了。

四姊站在大姊的車前，用遙控器打開車門。

此時不容猶豫，我一溜煙地竄出去，利用大姊的車來遮住四姊的視線，我做得很好，四姊完全沒有發現。

我們之間，只剩下一到兩公尺的距離，我連呼吸都盡量放緩。

等到四姊打開後車廂，從放備胎的夾層中拿出一個鐵盒……

計畫，成功。

呵呵。

學慕容復的以其人之道還治其人之身。

大姊說多讀書會對腦袋有幫助，一點都沒錯。

藉金庸老師之學，自從四姊寄給我和五姊接吻的恐嚇照片，我無時無刻也想寄一張照片還她，五天過後，我成功做到了。

在五姊的記憶力幫助下，我在網路找了整整兩天，終於被我找到和四姊珍藏的同款雕花鐵盒，經過五姊的確認，兩個鐵盒是一模一樣沒錯。

於是，我找了一個背景模糊的地點，手持裡面空空如也的鐵盒自拍，在照片上我還寫了幾個字「我找到了，半個小時後，我會打開」，就如我所料，四姊真的誤以為我找到她視如珍寶的鐵盒。

這是人之常情，不管有多懷疑，終究會按捺不住焦慮，返回檢查東西到底是不是被竊走，當然四姊是人不是什麼狗屁赤眼真后，所以她「帶領」我來到地下室，打開了神祕的藏物處。

不得不說，藏在大姊的車內，真的可以說是絕妙好計，我到死也不會懷疑大姊的車。

面露勝利的微笑，當四姊拿出鐵盒，慶幸東西沒被我偷走的那一剎那。

我就在等鬆懈的這一秒鐘——

魚躍般跳出，在四姊尖叫之前，鐵盒已經落入我的手中。

「還給我！」

矮五姊半顆頭的四姊，整張臉紅到快滲出血。

「四姊，妳知道我要什麼。」我淡淡地說。

我對宇宙主宰發誓，要不是為了日後的幸福，我不會威脅自己姊姊。

地下室停車場，陰冷的溼氣，一絲絲的黴菌臭味，偶爾從遠方傳來的車聲，四處都有的灰塵油汙，日光燈因為老舊正在閃爍，整個環境醞釀出詭譎。

尤其，我和四姊之間無法避免的衝突，導致氣氛更加凝重。

「只要妳答應以後不會陷害我，我馬上將鐵盒還妳。」

「不准你威脅我！我會自己搶回來！」

「四姊，妳知道我現在轉頭就跑，到外面的大街攔到一臺計程車，一共需要幾秒嗎？大概六十秒？」

「你、你……卑鄙小人！」

「我只求妳，放我一馬。」

「不可能，你不准交女朋友！永遠都不准！」

「這樣就是沒得談了？」

「嗚……」

四姊見我作勢要打開鐵盒，立即就嗚咽一聲。

「怕了吧，快點答應我的條件。」

我真的超像挾持人質的歹徒。

「我才不、不怕！」

事實上，四姊怕到身體在微微發顫。

沒有人願意退讓，我們開始漫長的討價還價，四姊從小到大脾氣都很硬，根本無法接受弟弟的威脅，不管我開出什麼條件，她依然不肯跟我妥協。

良久的僵持不下後，她似乎想到什麼祕密武器，非常驕傲地說：「對了、對了！哼哼……鐵盒上有鎖喔，你根本打不開啊。」

我低頭一看，果真沒錯，鐵盒上有一個數字鎖——糟糕，我沒算到這點。

「哈哈哈哈……」四姊雙手扠腰，得意洋洋地說：「你開不了鎖，就算拿到鐵盒也沒用啊。」

「欸？對了。」我彷彿想到某個關鍵，試探地問：「妳的密碼是不是都用我的生日？我有記錯嗎？」

「……」四姊的笑容凍結，「才不是，少臭美了，我怎麼可能用你的生日當密碼，我又不是笨蛋。」

「喔，沒想到是真的。」

四姊的臉皺成一團，不用多說就知道數字鎖的密碼是我生日，我立刻輸入生日四碼，沒有任何意外，鎖就打開了，但是我沒有開啟鐵盒。

「奸詐！無恥！把鐵盒還我！不准開……我說不准開！」

「四姊……我的條件真的很簡單啊。」

「我絕對不會跟壞蛋妥協！我討厭你！」

「妳到底討厭我什麼？小時候我們感情滿好的，不是嗎？」

「統統討厭！」

「統統討厭這範圍太廣，四姊呀……只要妳願意告訴我，我一定會改。」

「你、你藐視我！看不起我！」

「我……藐視妳？怎麼可能？什麼時候的事？」

「反正就是有！」

我無言以對，因為四姊完全沒道理可言，在地下室，我們姊弟互相對峙，漸漸的……誰也不願意退讓，氣氛從凝重變得有些肅殺。

四姊全身緊繃，一雙手死死握住，貼在大腿邊，兩邊眼角泛出淚光，一副很想哭但是強行忍耐的模樣，就是無論如何都不願意對我示弱，她認為自己要是哭出來，就是輸了。

唉……我在內心嘆氣。

坦白說，我有一點不忍了，讓自己的姊姊難過，並不是我的目的。

每個人都有祕密，每個人的祕密都不會想讓其他人知道，設身處地想，如果我的祕密攤在陽光下，那會有多可恥呢？大、二、三、四、五姊統統都有祕密，難道每一次我和她們爭執，就必須將她們的祕密全部挖出來嗎？

在四姊泫然欲泣的表情前，我自己都覺得自己有點卑鄙。

我不是沒和姊姊們吵過架，但這次……

身為她弟，輸給她也不是多丟臉的事吧。

而且，我不喜歡看到姊姊難過的樣子——

「我認輸，還妳。」

我提起手把，將鐵盒舉在她面前。

四姊面對我突如其來的認輸顯得有點徬徨，她瞇起雙眼觀察，彷彿要識破我的陰謀，怕我會不會忽然收手，再狠狠耍她一遍。

「放心啦，我的形象是有那麼差嗎？」

我等待四姊伸手接過鐵盒，為了讓她安心，我擺出一個最人畜無害的笑容。

四姊的臉又更紅潤了，硬生生撇開自己與我對視的眼，右手慢慢地伸過來，慢得像是在試探。

我一動也不動。

「別以為我會感謝你，這、這本來就是我的東西。」

四姊終於握住鐵盒上的手把，雖然還有一點氣惱，但是已經沒那麼生氣了。

同一時間，我將手放開，讓四姊拿走屬於自己的祕密。

只是我們都沒有猜想到的情況是……我的五指離開，四姊的手還沒有握緊。

匡！

鐵盒落地。

內容物散落。

悶熱的地下室，不知從哪來的一股涼風吹過……

無數張如紙片的東西，隨風飄起，無目的地移動。

我定睛一看，全部都是照片。

四姊的臉唰一聲慘白，雙手緊貼著自己的臉蛋，放棄去撿拾照片，不對……這更像是放棄一切求生欲望的感覺。

她踏出蹣跚的腳步，與我擦身而過，就算我沒聞到任何酒味，但是四姊搖搖晃晃的姿態卻像喝了高濃度的酒漿。

她怎麼了？

我感到困惑，順手撿起前一分鐘她還很想要的鐵盒，裡面還殘留著幾張沒被風吹跑的照片。

「四姊……」我喊她。

四姊加快了腳步。

「李金玲……等等。」

背對我的四姊停下腳步，嬌小的身軀像是被高壓電電到。

我雙手抱頭，豁出所有力量狂吼——

「為什麼……都是我的裸照啊啊啊啊!!」

四姊頭也不回，跟被當場抓包的現行犯一樣，邁開雙腿不要命似的逃跑。

根本就不必去追，她慌慌張張地跑個幾步，咚的一聲很乾脆地暈倒在旁邊。

「喂，給我起來啊！」

一眼望去，紛飛後墜落的滿地照片，讓我虎目含淚……真的很想躲進棉被裡徹徹底底痛哭一場。

「為什麼不乾脆讓我死呢……嗚嗚嗚嗚……還有幾十張照片沒撿欸。」

我終於沒忍住淚水。

這是報應，自以為設定一個計畫可以要脅四姊，但是繞了一大圈，只有我一個倒楣。

如果不想讓裸照外流，我必須一張一張回收所有散落的照片，可是呢，給我爽快暈倒的四姊需要我的照料，所以我只能一邊背她、一邊搜索整個地下停車場，還要再三確認沒有遺漏。

整個過程快要兩個小時，四姊已經睡到打呼。

等到我腰痠背痛地將她帶回家，安穩地擺放在床上，她居然很「碰巧」地悠悠轉醒，還給我假裝成腦袋受損，失去記憶的鬼樣。

「你、你是誰？我在哪裡？」

四姊怯聲問坐在她床邊的我。

不用說第二句話，我直接一掌打在她的頭蓋骨上，讓她雙眼溼潤地轉過身去打算不理我。

用手指撥弄鐵盒裡的照片，我幽幽地說：「妳真的是有夠變態……」

「我才不是變態！」四姊又翻回來面對我，用糾正的口吻說：「我只是愛看你的身體而已！」

我一時間居然不知道該怎麼反駁，不過愛看別人的身體就是變態沒錯吧？沒錯吧？

「妳在浴室、房間、客廳……甚至陽臺都安裝針孔攝影機，真的都不怕大姊修理妳嗎？」

我單手按著太陽穴，希望能舒緩我快繃斷的神經。

「還不都是你的錯！」四姊掀開棉被，彷彿蒙受多大的冤屈，「你常常光溜溜到處跑啊，我不到處裝攝影機哪拍得到！」

我感到羞愧，有時候姊姊們不在家，我的確會脫光衣服亂跑……

「可是也不代表妳能偷拍啊！」

「這是我家，憑什麼我不能拍？」

「……妳在詭辯。」

「哼！」

四姊瞪我一眼，一把搶過鐵盒，將其藏在棉被裡面。

「照片我拿去銷毀吧，看是底片還是數位檔，快點交出來。」

我靠在床頭，伸手捏了捏她的臉頰。

「你敢！」

「敢啊。」

我用指腹推高四姊的鼻頭，讓她看起來像豬。

「走開！」

沒當豬太久，她撇開頭。

「四姊呀……」

拿起四姊嬌嫩的手，我撥弄起五根精美的手指，彎曲又放鬆每一個關節，可是沒如我所願聽見咔咔聲響。

「幹麼？你不要玩我的手……」四姊縮回手，護在胸前。

我再度搶回她的手，認真地說：「我們姊弟倆是該敞開心胸，真心真意地聊聊了吧？」

四姊有點警惕，讓所有姊姊中最美麗的手任我擺布。

「我到底是哪裡惹妳不高興，坦白告訴我吧。」

「……哼。」

我將她的小拇指放進嘴裡，冷冷道：「再不說，就咬了。」

「你敢……啊啊啊啊！痛死我了！好痛好痛……」四姊沒想到我真咬下去，心疼地大罵：「萬一有傷痕我就殺掉你！」

「快說吧，再來是無名指。」

四姊陷入為難的模樣其實真的很可愛，因為力量太小沒辦法縮回手，可是又很不想開口告訴我真相，而且她天生超級怕痛。

「……你瞧不起我。」

「什麼時候？」

等到四姊告訴我以後，我就後悔問了這個問題，因為當時的情況真的是非常的……唉。

高一，還記得那一天早上，寒流過去的第一個暖日，因為人類惰性的關係，我真的好懷念溫暖的棉被，一點都不想起床，就連五姊看見我幸福滿足的表情，都不忍心叫醒我。

所以，我就遲到了。

可是遲到也有程度之分，輕微的遲到大概就是被唸幾句，頂多罰站一節課了事，不過嚴重的遲到，那就叫作曠課，學校會聯絡家長，身為家長的大姊會不爽，不爽的大姊就會讓我痛苦，而我討厭痛苦。

被關掉的鬧鐘顯示早自修結束，我才驚覺自己已身處深淵邊緣。

連滾帶爬地起床，衝刺到廁所，一腳踹開廁所門，意外的是裡面竟冒出濃煙。

「是失火了嗎？」我的腦袋還處於半睡半醒的狀態，雖然感到事情不對，但是直覺告訴我大姊不爽要比失火嚴重。

我撥開煙霧走進去，果然感受到一股熱氣撲面而來，但是任何情況都不能阻止我刷牙洗臉脫褲子大便。

毅然決然地脫掉運動長褲，我一屁股坐在馬桶上，開始施力運氣。

「你在幹什麼！」

一個尖銳的叫聲害我嚇一大跳，累積的便意頓時消散無形，我頭轉過九十度，看向右手邊的浴缸，在煙霧瀰漫之中，依稀看見裡頭有道曼妙的身影。

當時四姊的頭髮還是黑色，膚色不像五姊那樣白皙，髮絲黏貼在脖子和鎖骨附近，好久沒看見的精緻耳朵難得裸露在外，臉頰上的暈紅非常明顯，不知道是因為泡熱水的關係，還是因為生氣的緣故。

「我問你，你是沒聽到嗎？」

四姊雙手抱在胸前，好像我會偷看一樣。

「大便。」我超誠實地說：「四姊放心吧，我一點都不想看，只是因為快遲到了，所以時間有限，等我大出來馬上就出去。」

「大、大出來……」四姊氣到重複我說的話，立刻拿起水瓢裝水攻擊我，「給我滾！變態！臭死人了！你只要敢大出來……我、我一定……」

「就快了，讓我剪斷就好。」

已經全溼的我不以為意，反正這套睡衣本來就要換掉。

「……噁心！你這隻糞金龜！居然、居然敢在我洗澡的時候……做、做這種事！」

「妳的胸部曝光了，小心喔！」

「你這隻低賤的臭蟲！還不趕快給我出去！」

「四姊別在意……」

對，就是接下來的這句話，居然能夠讓四姊氣我整整一年之久，直到現在她親口說出，我才知道癥結點在這裡。

真的是完全沒想到……

「我們不是說好，上高中之後就不一起洗澡嗎！」

「對啊。」

這約定我當然知道，前陣子五姊違反規定才讓我很火大。

「可是你違反規定！」

「我當時是有緊急情況，當然另當別論啊。」

「一樣！」

四姊趁我在回憶失神時，狠狠在我的手臂上咬一大口。

「就算是這樣，也不該氣我那麼久啊。」我捏著四姊的下巴，防止她再度咬人。

「才不只是這樣……放開、放開我，你這個笨蛋！」

「好啦，我們和好吧。」

「不要！讓我生氣的是，我叫你出去，然後你回答我……居然回答我……」

四姊氣到嘛起嘴，讓我開始好奇當初我到底是說了什麼。

「你居然說……『四姊別在意，反正妳長得跟小男生一樣，我們是兄弟嘛，呵呵』，最讓我抓狂的就是你最後的『呵呵』，氣氣氣氣氣氣氣氣氣氣氣氣死我了！」

「就這樣？我只是開玩笑而已啊，這也算是瞧不起妳？」

「誰跟你開玩笑！笨蛋弟弟！你說我跟小男生一樣，就是嘲笑我的身材，還歧視我的性別，說我們是兄弟，就是無視長幼，不尊重我，兩個加起來就是對我人格上的羞辱，不管是外表還是身分統統都被你瞧不起了！」

四姊一股腦爆發出前所未有的怨念，連她挑染短髮上那根永遠翹起的短毛都在晃動，水靈的眼眸有些溼潤，一副被無良弟弟氣到哭的可憐模樣，讓我真的很想再使出手刀。

好吧，會這麼殘暴是因為，我覺得九成九都是她在腦補，我根本就沒有這種意思。

但是。

沒錯，關鍵就是這個「但是」。

如果我繼續在一年多前的小事上辯解糾纏，那我會很累，而且我和小夢之間，四姊永遠都會當一位破壞者。

不如一句誠懇的道歉。

「對不起，四姊，都是我的錯，讓妳受委屈了。」

「……」四姊有點錯愕。

「四姊的胸部已經到能夠穿內衣的程度，當然跟小男生不一樣啊，就算在我們家，也是超越大姊的存在。」

這個馬屁漂亮到連我都給一百分。

「跟五妹……跟五妹比呢？」

「當然是四姊最棒啦，小巧渾圓、彈性十足，一手可以掌握的胸部才是最棒的胸部啊。」

對不起，五妹……對不起，我的節操……

「嗯……你喜歡嗎？」

「喜歡。」

「有多喜歡？」

「喜歡到我現在恨不得撕開妳的衣服，然後狠狠摸上幾把。」

對不起，我的爸媽……

「變態……真的是受不了你，噁心的弟弟。」四姊突然變得很溫柔，欣慰地撫摸我的臉頰，「我們休戰吧，記住……只是暫時的喔，是因為你的誠懇道歉和誠摯的邀請，所以我等等才會搬去你房間睡。」

「什、什麼東西？」

「我們一起睡吧，跟以前一樣。」

「……」

我真的有種玩火自焚的感覺。

「不喜歡嗎？」

「喜、喜歡……當然，當……當然喜歡……」我強忍吐血的衝動，勉強地說：「那四姊……我和五姊親吻的照片……呢？」

「電腦裡，去刪掉吧。」

「那我跟小夢……四姊能夠認同嗎？」

忙了一整天的我，終於問出最重要的問題。

「……」四姊橫了我一眼，拉起棉被就翻身蓋在自己身上，用屁股面對我的意思再明顯不過，更何況她還補充一句——

「滾開！」

我只好用食指戳她的後腦勺，不知羞恥地撒嬌道：「四姊……拜託拜託……拜託嘛……」

「噁心，我要吐了。」

撒嬌沒用，我再接再厲，戳戳四姊的肚子邊，低聲下氣地說：「答應我吧，我們只是純純的交往，妳應該給我祝福才對。」

「祝你去死。」

「四姊！」我忽然大喊一聲，將她的棉被扯開，「最起碼妳要答應我不對小夢出手，要不然我就將裸照的事告訴大姊！」

「應該來不及了……」

「妳說什麼？」

「我說，應該來不及了……對不起。」

四姊小聲到幾乎聽不見的道歉，卻重重轟擊了我跳動的心臟，讓我痛到軟倒在四姊身上，打算趁機把她壓死。

早上凌晨五點就在公車站牌等待第一班公車，六點左右天濛濛亮，我就已經進入校園內，大概是全校最早到的學生。

我一路狂奔，完全不敢停下腳步，衝刺、衝刺、再衝刺。

等我抵達教室，卻發現教室門鎖已經被打開了。

清晨的寒意瞬間貫穿我的身體，不知道是不是因為沒吃早餐的關係，導致我的腦袋有點暈眩，手腳都不聽使喚，連推開門這一個簡單的動作都花掉好幾秒鐘。

可是……我推開門，馬上就搞懂了。

讓我身體不適的原因，並非是氣溫或是血糖太低。

而是，小夢端坐在自己的座位上，用非常怪異的眼神凝視我。

「妳怎麼……怎麼那麼早就到校？」

「我家在旁邊啊，每天都是我負責開門的呀。」小夢給我一個如同晨曦般的笑。

但是我沒感到一點溫暖，繼續追問道：「現在才六點多，也未免太早了，妳大可睡到七點再來上課吧？」

她側過頭，看向無人的窗外，偷偷竊笑道：「我整晚都睡不著欸，你明明知道為什麼，還問。」

對，我居然知道是為什麼，因為今天是小夢的生日啊，不過……

「妳是小學生要去校外教學嗎？還會興奮到睡不著？」我雙手抱頭。

「我最愛過生日了。」小夢有些不好意思地搓弄裙襬，害羞地說：「還有……謝謝你的禮物，我真的好想打開喔。」

「禮物……禮物在哪？」沒想到真的來不及了，但我抱持一線希望地問。

小夢雙腿夾緊，做出特有的害臊姿勢，柔柔地說：「在抽屜啊，卡片我看過了，我會等到切生日蛋糕的時候再打開啦，別擔心。」

我不是在擔心這個，實際上我擔心的是，我根本就沒送過禮物啊啊啊啊啊啊啊啊啊啊……

該怎麼辦？

這個四姊冒充我送出的禮物百分之一百有問題，可是我看小夢與高采烈的模樣又很難跟她討回來。

「卡片能不能讓我看一下。」我尷尬地說：「我好像有寫錯字欸。」

「是你送的我就很喜歡，錯字根本沒關係呀。」

話雖如此，她還是拿卡片給我。

快速閱讀過四姊模仿我筆跡寫出的卡片，大意是祝小夢生日快樂，學業進步一些很老套的賀辭，但其中比較不同之處有兩點，第一是希望生日禮物在切蛋糕時打開，第二是已經說出生日禮物是一張絕版的攝影海報。

「我快瘋掉了，真的好想打開喔……」小夢拉拉我的袖口，哀怨地說。

將卡片還給她，我瞄了抽屜一眼，說：「我今天這麼早到校就是因為覺得……這個禮物不夠好。」

「……很好了啊。」小夢同時看向自己抽屜的圓筒，「我超喜歡欸。」

「不、不不……我還有更好的禮物。」

事實上，此時我的書包裡只有課本和一塊壓爛的麵包。

「怎麼了？」

「要不然我換給妳吧。」

我露出自認為最鄰家男孩的笑容，伸出手要拿回小夢抽屜裡的圓筒，可是說時遲那時快……她居然搶先將裝有海報的圓筒緊緊抱在胸前。

「你想反悔對不對……唔……」

「怎麼可能，我準備了更好的禮物要給妳。」

「這個最好。」

真是太可怕了，四姊到底是如何打聽到小夢的喜好？兩個人根本就沒說過話，甚至沒有見過面，為什麼四姊可以那麼瞭解小夢？

看著眼前這位對生日莫名執著的女孩，嘟起嘴、睜大眼睛、皺起鼻子的無辜表情，就算她現在抱著炸彈，我恐怕也不忍心奪其所愛吧……

等等！該不會真的是炸彈吧！

四姊從小到大就愛研究一些很獨特的機關道具，從國中到高中都是魔術社社長，重點是她一年級一加入社團便取得社長的位子，學長學姊會自動讓位，就是因為她擁有驚人的天賦，課業上物理和化學幾乎都是滿分，但是其他科目常常重修。

如此極端的四姊，製作出一個小型炸彈似乎也不是多過分的事。

「那我現在可以先打開嗎？」

「絕、對、不、可、以！」

「唔……」

就算小夢擺出失落的表情，我也只能盡量拖延時間，打算見招拆招，萬一真的沒招，就只能當一回小偷，偷走疑似有炸彈的圓筒了。

整天的課，我都戰戰兢兢，雖然小夢在班上人緣沒有多好，可是依然有幾位女同學要替她慶生，就在放學之後的教室。

依卡片的指示，小夢會在這個時候打開圓筒。

我必須阻止一場悲劇的發生。

終於，放學時間到了。

整排二年級教室沒有其他人。

只剩我們班裡有一場低調的慶生會開始。

因為是女生的聚會，所以小夢沒有邀請我，可是這個禮拜假日，她約我出去逛街和吃飯，原本這是一件天大的喜事，但是四姊送出的生日禮物毀掉了我所有高興的情緒，害我只能躲在教室外，苦惱要怎麼挽救一場悲劇。

想了八節課都沒有結果，更別說現在情況迫在眉睫，當然更不可能想出好的方法。

慶生會的程序很簡單，點蠟燭、唱生日歌、切蛋糕、吃蛋糕、送禮物、收拾場地、回家，我眼見就要結束，在送禮物的時候，牙根一咬，硬著頭皮走進教室。

氣氛一凝。

「我有作業放在抽屜忘記拿，妳們繼續不用管我。」我搔搔頭髮表示歉意。

她們真的沒理會我……

我無恥地訕笑說：「喔，在給禮物嗎？」

「是呀。」小夢對我報以微笑，手上拿著令我膽顫心驚的圓筒。

不知不覺讓我聯想到自殺炸彈客在赴死前的從容一笑，太可怕了。

我像痴漢一般靠近她們，展現出恐怕也很像痴漢的表情說：「讓我替妳打開禮物，雙手為妳獻上。」

小夢點點頭將圓筒交給我，眼神裡是滿滿的期待。

「各位……」我清清喉嚨，正式地說：「這是臺灣攝影名師的絕版海報，我搜尋好久才到手的寶物。」

所有人同時露出好奇和困惑的神情，我們圍在一張課桌旁，彼此的距離都很近，我偷偷看了一眼教室後門，緊握圓筒的雙手在發抖，額間滑落幾滴冷汗。

平舉禮物，煞有其事地準備打開……

但是在打開之前。

我轉身就跑！

沒想到我要當一回搶匪，在小夢的慶生會上搶奪她的生日禮物。

因為太離奇的關係，直到我從教室後門逃脫，屁股後方都沒有人追來。

太好了，校門口就在眼前，我等等出去右轉就有一條排水溝，我打算將炸彈丟進水裡，結束一場會鬧上新聞版面的鬧劇。

可是。

我太小看小夢的執著了。

她不知道從哪裡抄了近路，莫名其妙就從轉角處衝了出來，鼓起雙頰瞪我，跟母貓被搶走鮪魚罐頭的表情一樣。

「別過來，不然我就跳下去。」

現在的情況荒唐到讓我說出這句荒唐話。

「你給我的東西……就應該是我的呀……」

小夢雖然口氣失落，但是一步未退。

「這個禮物是我四姊的陰謀，用來陷害妳跟我，別中計啊。」

我將圓筒懸空在充滿汙水的排水溝上，裡頭的垃圾汙泥奔騰。

「你不想送我就算了，不要用姊姊當藉口，也不要毀掉它……絕版了，再也找不到了。」

果然，沒人會相信這是四姊造的孽。

我難過地說：「讓我再補一份禮物給妳，這張海報是假貨，甚至有可能是炸彈啊！」

「是不是炸彈都無所謂，你先冷靜下來，我們回教室吃點蛋糕好不好？」小夢真的在敷衍我。

「妳不信對不對？」我心酸又生氣地說：「我現在就打開給妳看，妳不要阻止我！」

「好，讓我看一眼也好。」

「這是炸彈啊，炸彈！」

「快點開嘛。」

「……」

我哀莫大於心死，深深地嘆出一口氣，黯然交代遺言。

「在犧牲之前，我想告訴妳……我喜歡妳，如果我真的死了，轉告我四姊，說我恨她，萬一我沒死，請妳在情人節的時候，答應跟我交往。」

小夢訝異到嘴巴微微張開，雙手捧在胸口，殷切地說：「先打開再說好不好？我等一整天了。」

「我在交代遺言，妳給我認真一點啊！」

「好啦，要開了嗎？」

「欸，等一等，我剛剛是不是又不小心告白了？」

「是啊，已經第二次了，不過你還是趕快打開好不好……」

「那如果妳願意跟我交往，情人節那天……請在學校旁邊的蛋糕店等我。」

「你的條件很多欸！揍你喔！」

小夢雙手扠腰，顯然耐心已經被我消磨殆盡，現在是不得不開了。

我昂首向天，怕自己眼眶溼潤的模樣被她看見，能在死前和小夢告白，我已經算是很幸運的人了，不奢望她會認真對待我剛剛說的話，但至少我曾經鄭重告白過，沒有太多遺憾。

下課時分的排水溝邊，李狂龍在此為愛獻身……

「我來吧，你不要突然發呆嘛。」

就在我的腦袋構思出一段感人肺腑的話語時，手中的圓筒就這樣被小夢搶走了。

「不可以開啊！」

來不及了，我整個撲出去，導致我們兩個跌落到旁邊半人高的草叢內，當我以狗爬的姿勢撲在小夢的身體之上時，圓筒已經被她扭開了……

四姊準備的禮物當然不會有海報，而是啵的一聲，從裡面濺射出大量的濃稠透明液體，我和小夢的衣服都是，當然她沾上的量比我多很多。

「這是什麼？」

小夢用手指碰觸，食指和大拇指之間沾黏後還會牽絲。

「我不知道……是鹽酸，還是毒藥，或是會讓人毀容的液體嗎？」

我驚慌失措，都忘記現在的姿勢很尷尬。

「不像啊，看起來對人體無害，好像是化妝水？」小夢還在研究。

「……妳今天是不是穿粉綠色的內衣！」

我突然倒吸一口冷氣。

「……變態！」小夢雙手護在胸前，「不要趁制服沾溼會透明，就、就偷看我的……噁心欸你。」

「不是這樣，是妳的衣服被溶解了……」

我強自用冷靜的口吻說出這句話，可是當小夢敞開手，低頭看自己胸部的時候，我的鼻血竟順勢流下——這畫面真的太驚（誘）人了！

小夢稍稍張開小巧的唇，粉紅色的唇瓣不斷輕顫，一副欲哭無淚的慘狀讓我不勝唏噓。

「走開！你的衣服也溶掉了啊！」

她一把推開我，我們兩個的衣服被濃稠液體吞噬掉大半，我的制服上破破爛爛地像是乞丐裝，但最少還有一件長褲沒受影響，然而主要的受害者可就不同了，她上衣前半面幾乎消失，短裙也被腐蝕，繫在腰間的扣帶斷開，整片裙滑落。

不過小夢向來有安全褲防護，所以應該是……咦？安全褲也有粉綠色的嗎？

我們縮著身子靠沒人修剪過的雜草掩護，目前的情況是前所未有的慘烈，大概只比我預期的炸彈還好一點而已。

「都是你害的啦……萬一、萬一有人走過去看到我……我就馬上就跳排水溝自殺！不對！在死之前我一定也要拖你下水！」

「我就叫妳千萬別開，都說有炸彈了……」

「這又不是炸彈！」

小夢的罵聲略帶哽咽，要不是她算很堅強的女性，遭遇這種慘狀大概早就痛哭流涕了吧。

她坐在草叢中，狼狽地雙手抱著胸，雙腿則不斷扭動，想緊緊夾住快要滑落的短裙，說是短裙也不太正確，其實就只是一塊布而已，不過在她遮遮掩掩之間，對我造成了更嚴重的道德傷害。

從腰身、到屁股、到大腿、到小腿、到腳踝沒一點贅肉的流線側面……對我這種沒見過世面的男生而言，簡直可以媲美第三次世界大戰在眼前開打，血流成河、哀鴻遍野、死傷萬千。

「現在要怎麼辦啦！」小夢快哭出來了，「你還看！我一定要把你眼珠挖出來……嗚嗚……」

「現在只有一個辦法了。」

我模仿沉睡的名偵探，低頭假裝沒偷看。

「什麼辦法……」

用力吸幾口空氣，透過雜草確定此時的排水溝邊沒有礙事的路人後，我很乾脆地半裸著站立起來，一臉堅毅地望向八分裸的小夢，希望她能夠原諒我。

接著，我毅然決然脫下制服長褲，暴露出僅剩的三角內褲。

「你幹什麼？等一下、等一下，你幹麼突然脫褲子……不要過來，李狂龍冷靜下來，快點給我冷靜下來，這裡是野外，不可以，絕對不可以，這裡會有人看到……停，停步，不然我要尖叫了喔！不要……啊！」

「我忍不住了……對、對不起……」

「你馬上給我忍住，不要過來！」

「不可能，只要是男人，在這種情況下都不可能忍住啊！」

被我一凶，小夢縮起肩膀、茫然失措，像是迷路找不到方向的流浪狗。

「那我、那我該怎麼辦呢……我又沒有經驗……」

「誰會有這種經驗嘛。」

「不、不要，我不要在這裡……太丟臉了。」

我不懂為什麼她要叫成這樣，好像快被壞人侵犯一樣。

將制服長褲扔在小夢頭上，我全身上下就只剩破爛的制服襯衫和完好無缺的內褲，我帶著一往無前的決心告訴她。

「等我，如果我沒被警察逮捕，一定會回來救妳的。」

在校園旁的排水溝，原本除了上學放學之外並沒有其他的行人，太陽已經西落，骯髒的汙水變得更黑，兩旁荒煙蔓草隨風擺盪，裡面隱藏著一位半裸的女孩。

但是這還不算是太離奇……

真正離奇的是一位跟暴露狂差不多的男孩正在街道上奔馳！

嘴裡還嚷嚷著——

「我一定會回來、我一定會回來。」

第五條　熟記姊姊的身體狀況

碰！

我一腳踹開教室門，裡面的小夢朋友正在收拾，將教室恢復成原本的模樣。

所以當我站在教室內，她們不用號令就整齊劃一地看向我，然後全部眼神都呈現空白失焦的傻樣。

可是我沒時間糾正她們，也沒時間對她們解釋。

一手拍在門板，製造出第二次巨響。

成功吸引她們的注意力。

於是我伴著劇烈的喘息，扯開喉嚨吶喊出我的需求。

「呼呼……把身上的衣服交出來！快一點！馬上！呼呼……我受不了啊！我真的需要……快點脫掉，很急……快快！呼呼呼……」

隔天，我被記一支小過，原因是什麼，相信我不用贅述。

放學後的操場沒有人，因為明天是週末，所以不管是棒球隊、田徑隊、羽球隊，各種雜七雜八的校隊都趁教練下班，自己就地解散回家度假去了。

手持長柄鐵夾和大垃圾袋，我在操場撿拾垃圾與落葉，整面橢圓形操場都是我校園服務的範圍，訓導處是真的想整死我。

原本以為小夢的朋友都很傳統，見到穿著三角褲的男生，應該要表現出羞答答的模樣，嬌弱地大喊「變態，快點來人啊」，但是……她們只是暴打我一頓，聯手將我押解去訓導處，其中有一個還說：「我早就想修理一次變態狂看看，好好玩喔，哈哈。」

現在的女性真的和我構想的差距越來越大，小說中閉月羞花、三從四德的女生已經不復存在了。

「唉……」

我嘆口氣，拍拍痠痛的腰，天蒼蒼、野茫茫式的惆悵揮之不去，不知道小夢氣消了沒，我似乎很久沒跟她說話了。

身後，忽然傳來一陣踩破落葉的腳步聲。

我回頭一看，這一瞬間，眼淚真的有奪眶而出的衝動。

小夢側背著書包，手上提了一大包撿垃圾的塑膠袋。

「另外一邊我撿好了，你再加把勁，就可以回家了。」

「……我可以抱妳嗎？」

我好感動，就像是迷失在荒野的旅人，突然找到一個棲身之所。

「不、可、以。」

小夢後退一步，警戒地看我。

我強忍擁她入懷的念頭，歉然道：「對不起，害妳在排水溝邊裸體。」

小夢衝過來飛踢我一腳，嶄新的制服短裙乘風揚起。

可惡！她又開始穿安全褲了。

「早就氣消了。」小夢很滿意剛剛施展出的飛踢，單腳站立，彎起另一腳，拍拍膝蓋，一副女俠的帥氣模樣，「在踢你這腳之後。」

我倒在永遠撿不完的落葉上呈大字型，就算眼冒金星地看著眼前的榕樹樹蔭，嘴角仍無法抑止地勾起。

「我討厭你惡整我，雖然這也算是慶生會的一部分。」

她放下腿，逕自蹲在我的身邊，想確認剛剛的飛踢威力怎樣。

「啊啊啊啊啊啊……脊椎骨斷掉了啊，女俠……救命。」我誇張地到處滾動。

「少來！」小夢在我的肚子補上一拳，「才剛剛原諒你，你就得意忘形，要不是我是個超級喜歡生日和慶生會的女人，早就讓你去警察局了。」

「謝女俠不殺之恩。」我躺在地上拱手作揖。

她嗔怪地再送我一腳，接著從書包內拿出土黃色的紙袋，塞進我的懷裡。

「你的長褲，我洗過了。」

「洗過了？不會吧……」

「你幹麼擺出失望的表情？變態欸。」

「我可以聞聞看嗎？」

「不可以！」小夢見我要拿出紙袋中摺好的制服長褲，趕緊抓住封口，「你要先回答我一個問題，才可以聞。」

「是的，請問。」我畢恭畢敬。

小夢猶豫片刻，最後給我一個「真拿你沒辦法的眼神」，才緩緩將手給放開。

「在排水溝邊……你的告白是真的嗎？」

她的問題飄蕩在即將入夜的操場邊，像暖風一樣輕柔，讓我舒服到慢慢瞇起雙眼。

「告訴我答案，停止你這變態的表情！」

「是的。」

我用立正站好來加強信任感。

「我是鄭重地對妳告白，如果妳願意的話，這個週末的情人節，到學校旁邊的蛋糕店見面。」

小夢聽完，一把撥開我拿在手上的紙袋，沒有說出半句話，甚至沒有特別的表情，她跨出至關重要的一步，緊緊地擁抱了我。

我們之間，彷彿再也沒有一點隔閡，我的鼻邊都是她的髮香，連衣物都阻擋不了我感受到她的體溫。

糟糕，心跳得好快，應該被她聽得一清二楚。

將臉埋在我的胸口，小夢稍稍扭動脖子，似乎是在尋找更舒適的角度，但是她卻不知道，光是細小的動作，就快要讓我癱軟掉，整個人像奶油遇熱，隨時會融化。

「妳、妳這是……該不會？是迫不及待想跟我在一起。」

「才不是。」她沒有推開我，只是低聲道：「我只是想試試看，你抱起來的感覺怎樣而已。」

「請便，等我們交往後，抱到我皮開肉綻都可以。」

「我又不是鹽酸……」

「是，小夢不是鹽酸。」

「正經一點。」小夢偷偷捏了我的腰，「你就是把告白當兒戲，所以很多女生都討厭你，蠢蛋。」

「沒關係，只要妳知道我超認真就行了。」

「你讓我為難了，唉……」她一嘆氣，我的胸口便感到一熱，「你覺得男生和女生交往，到底是為什麼呢？要膩在一起，不管是不是男女朋友關係都可以啊。」

對於她的問題，我聽得很清楚，可是腦袋很難消化。

我從來沒有思考過這個問題，對我來說，喜歡就去追，失敗就繼續等待，成功就……抱歉，目前還沒有成功過，所以一男一女交往到底是為什麼，我並不能馬上給出答案。

「你也搞不懂對不對？」

「再給我幾秒鐘，我一定能想出答案。」

「好……」

立刻在大腦中翻閱所有可以借鏡的資訊，可是五個姊姊好像都沒交過男朋友，而且我從小到大就跟爸媽不熟，對了，我想到了。

「男生女生交往就是一種承諾啊，可以束縛彼此，成為互相制約的關係。」

「這樣，你的告白嗜好不就不能繼續了嗎？」小夢從我的懷中掙脫出來，面對面觀察我的表情。

「有妳之後，我再也不需要胡亂告白了。」

我斬釘截鐵地說出承諾，但是這一點都不稀奇，真正罕見的，是我的告白所得到的回覆——

「坦白說，我真的超乎預料的喜歡你……」

小夢扔下這句話，轉頭就邁開步伐逃跑，讓整個空曠的操場只剩下我一人。

我的耳邊轟轟作響，猶如數百萬隻蜜蜂在周圍飛舞，腳步忽然一個不穩，驚動所有的蜜蜂，牠們就發瘋似的往我身上叮，讓我的每一吋皮膚又痛又麻又癢，卻高興得手舞足蹈。

太可怕了，小夢短短的一句話，竟然讓我產生出幻覺。

單身十七年就像是在走一段冗長陰暗的隧道，跌跌撞撞、小心翼翼、緩步前進，終於在行走十七年後看見出口的光。

「我終於……喔喔喔喔喔喔喔喔喔！」

高興地大喊大叫，我將全部裝滿垃圾樹葉的塑膠袋踢得亂七八糟，藉以紀念近在眼前的曙光。

但是我很快就後悔了，等我重新撿完垃圾回到家已經十點多了。

不過有一件事很奇怪，在我手提好幾包垃圾去垃圾場的路上，發現三大包已經裝滿綁好的垃圾袋，大致看一下裡頭是操場會出現的落葉和飲料罐，是誰替我撿的嗎？還是我自己不小心忘在這的？

沒有答案。

咔咔咔咔咔咔咔咔……

一連串的噪音讓我睜開惺忪的眼。

好好一個假日，五姊不出去逛街，竟然拿指甲刀坐在床邊替我剪指甲，一臉專注得像是陶藝專家在雕塑自己的偉大作品。

瞄一眼有熊貓圖案的時鐘，現在是禮拜六的早上八點十五分，五姊還穿著專屬的熊貓睡衣，像是剛剛刷牙洗臉完畢，連早餐都還沒有吃。

「五姊……」我的聲音有點沙啞，「我自己剪就可以了。」

「嗯。」五姊將髮絲掛在耳際，「沒關係我快好了，等等龍龍想要什麼顏色的指甲油呢？」

「不用，謝謝。」

我話剛說完，五姊就皺起眉，神情痛苦地彎下腰，將我的手掌夾在她的大腿和小腹之間，彷彿在強忍某種疼痛。

「不擦指甲油，沒那麼嚴重吧？」

「不是……我肚子痛，唉。」

「是便祕的關係，大便堆積太多嗎？」

「……好痛。」

「到底怎麼了？」

我翻身坐起，一般來講，當我開有關排泄物的玩笑，五姊往往要捏我個幾下才對，可是她只是說一句好痛，看起來實在有點不妙。

從五姊身後，雙手繞過她的腰間，在腹部四處摸索。

「哪裡？」

「這……」五姊將我的手移到肚臍邊，頭後仰靠在我的肩上，「真的好疼。」

「經痛？」

我不是醫生，但我第一個念頭就這樣猜，畢竟這個問題我家一個月內會上演好幾次，尤其是大姊還會暴怒揍人，害我必須查清楚時間，方便躲藏在房間別去客廳。

「不是，不對勁，一陣一陣的。」

「我去找大姊吧。」

「她不在家。」

「四姊呢？」

「社團成果發表……」

原本還想問三姊呢，但是跟三姊溝通……還是算了。

「等我刷牙洗臉，我們去醫院吧。」我邊揉五姊的肚子邊說。

「不要，我討厭打針、討厭吃藥、討厭醫生、討厭醫院的味道！」五姊瘋狂搖頭，「已經沒那麼痛，等等就好了。」

「……妳幾歲了，還怕打針？」

我擺出不可置信的表情，但實際上我知道原因，據大姊說就是因為我小時候將五姊拋棄在醫院的關係，害她抗拒醫院。

「我等等去找胃藥吃，應該就可以了。」

「妳確定嗎？下午我還要出門喔。」

「嗯，確定，但是你多揉幾下，我喜歡……」

既然五姊這樣說，我也不多問，我們姊弟貼在一塊，在我的五指搓弄下，她舒服到緩緩閉起眼睛，比起剛剛不適的樣子好上許多。

不過一想到下午要和小夢見面，我就開始有點緊張，就深怕四姊又不知道從哪裡得到消息，用稀奇古怪的方式折磨我。

「妳知道嗎？四姊有一種液體，可以溶化掉衣物。」

「知道呀，幾年前，她拿我的芭比娃娃去變魔術，泡到一桶有點黏稠的液體中，再拿出來的時候，芭比的禮服消失變成裸體，害我哭個半死。」

「那到底是什麼鬼東西？」

「她的魔術都是祕密……」

「沒人懲罰她的惡行嗎？」

「我馬上告訴大姊，讓她被罰了半天跪。」

「妳真的不愧是『打小報告之王』……」

五姊用手肘撞了我肚子一下，哀怨道：「我要告訴四姊喔。」

「魔術社一年一度的成果發表，我們就不要去打擾身為社長的四姊吧，何況這也是她最後一次演出了。」

「如果你乖，我就不打小報告，但像前幾天被記小過，就是不乖。」

「……我不是故意的。」

「要女孩子的學生制服，家裡不是很多嗎？我就有好幾套啊，幹麼跟別人要呢？」

說到這，五姊的肚子也不痛了，拉開我的手，用頭頂撞我。

為了避免被當成變態，我很仔細地跟五姊解釋，是被四姊的液體陷害，所以我跟小夢的衣服都被溶掉，男人還比較沒關係，可是小夢真的急需一套衣服，我才會像個色鬼一樣去索取。

「又是小夢嗎？唉……四姊真是……」和我一樣常常當受害者的五姊感同身受地說：「要留住弟弟的心，就是要對弟弟更好啊，四姊只會惡作劇有什麼用呢？」

沒錯、沒錯，我感動到差點哭出來，終於有人站在我這邊的感覺太棒了，雖然五姊這段話有一點奇怪，可是「要對弟弟好」這句，我可是非常認同啊。

雙手自動自發按摩她的大腿，算是我對知己之恩的報答。

「不過……你真的那麼喜歡小夢嗎？」

五姊改變我的施力點，調整到比較需要加強的大腿內側。

因為坐在五姊背後，其實我從頭到尾都看不到她的表情。

多年的相處，讓我感覺到她的口吻有一絲異樣，但只是一瞬間的感應，到底是不是錯覺我也不敢保證，更有可能是她肚子還在痛，故意假裝沒事。

「妳的肚子還痛嗎？」

「不要扯開，回答我的問題。」

「喔……對呀，我很喜歡小夢。」

「……嗯。」五姊緩緩地點頭，「比我還喜歡嗎？」

「不一樣，妳們不能比。」

我現在敢肯定剛剛絕對不是錯覺，五姊變得咄咄逼人。

「萬一有一天，我和小夢掉進海裡，我們都不會游泳，你會先救誰呢？」

靠北……這不是傳說中的「死無超生題」嗎？居然讓我遇到了。

趕緊斂起全部心神，宛如在一片布滿地雷的荒原上行走，一不小心就有可能萬劫不復、粉身碎骨、屍骨無存啊。

我專心致志地回答：「我一定會豁出生命同時救起妳們，如果失敗，我就淹死在海底算了。」

真是滿分的答案，我果然是受過專業訓練的男人，自己都欽佩自己。

「卑鄙……」

五姊撥開我的手，頭也不回地離開房間。

沒想到姊姊們越長大就越難哄，以前隨便說一句「姊姊最棒」或是「最喜歡姊姊」，她們就高興得不得了，每個都偷偷塞糖果餅乾給我吃，現在呢……連說沒救成寧願死，都不算正確答案。

擁有美麗容貌的早晨，一如往常從早餐開始揭開面紗。

五姊做了三份三明治，一份送進三姊房間，一份在我的肚子裡，一份擺在客廳的桌上，五姊遲遲沒有下嚥。

她應該是在賭氣，所以我乖乖將三明治切成一塊一塊，再一塊一塊送到五姊嘴邊，但是她只吃掉兩口，後來就說沒食慾不吃，唉……搞得我不知該如何是好，我和她們相處十幾年，卻還是常常弄不清楚她們在想什麼。

沒辦法，下午還有一場非常重要的約會，實在不能浪費時間在五姊的小性子上，我整個上午都在準備，找出最正式的衣服，洗了一個香噴噴的澡，做好一切的心理準備。

連中餐都沒吃，我就準備出門，可是每跨出一步，身體就彷彿變得更沉重。

今天是情人節，小夢會出現在約定的蛋糕店嗎？我沒有多大的把握。

就算在她說出「我真的超乎預料的喜歡你」，也不代表會和我交往。我變得異常患得患失，在前往學校的公車上頻頻嘆氣，短短的路程像是老了十幾歲。

我向來善於用半開玩笑的告白來化解告白之後的尷尬，可是這次……我卻超級認真，萬一失敗，就沒有轉圜的餘地了，真慘。

家到學校，這趟路，我搭過幾百次公車。

就當我認為所有事情都和平常一樣時，這個世界卻悄悄發生變化。姊姊、我、小夢，都不知道這個巨大的變化會帶給我們多少影響。

如果真的有宇宙萬物的主宰，那祂一定是一個很愛開玩笑的人吧？

公車在學校大門前停下，我帶著緊張的心情下車，和以往上課的情況不一樣，是擔憂中隱藏了無比的興奮。

約定的蛋糕店就在學校側門，我必須右轉沿圍牆走到底，遇到轉角左轉，希望第一眼就能看見小夢在裡頭等我。

在轉角處，我先探出頭，露出一顆眼珠，打算先看一眼蛋糕店，但是還有一百公尺左右的距離，並沒有辦法清楚看見裡面有多少人在。

忽然間，我的頭好暈。

一個重心不穩就摔在地上，還搞不清楚狀況，耳邊一陣劈里啪啦的各種破碎聲不斷轟炸，附近的路人蹲在牆邊，小孩開始大哭、女性開始尖叫，所有人臉色蒼白。

劇烈的搖晃讓我一時之間沒有辦法站立。

茫然，我連逃命的動作都沒有，只任由旁邊的窗戶、瓷磚落下，靠過人的運氣沒被打傷。

十秒鐘或者是二十秒鐘過去，搖晃暫歇。

目瞪口呆的我被口袋的手機鈴聲喚醒，讓我的腦袋知道現在應該先接電話。

「……是弟弟嗎？回、回家……快回家，五妹……很痛苦，我不知道該怎麼……該怎麼辦……快回家，拜託……」

我掛電話，用燃燒生命的速度，朝蛋糕店的反方向衝刺離開。

這場地震是九二一大地震後最強的地震，稱為二一四大地震，也稱之情人節大地震。

我們是魚，而愛開玩笑的主宰者搖動了魚缸。

接到三姊的電話，我的心臟停跳了幾拍。

三姊是隱士，不和外界接觸，就算是我一年也見不到她幾次，這次會讓她走出房門打電話給我，五姊一定是出了嚴重的事故。

對應剛剛才結束的大地震，我不焦慮也難。

一路跑到公車站牌，可是現階段沒車，道路上偶爾有計程車駛過，卻完全不停，想必司機也有家人，大概都無心賺錢，要趕回家確認家人是否平安。

我也是，但是我沒車，只有雙腿。

不想浪費時間，我打算先用步行，沿路招車。

現在的電話打不通了，大地震時期流量會瞬間爆滿，三姊剛剛是第一時間搶到先機，如今幾分鐘過去想撥號已經是不可能的事。

跑了好遠，才終於攔到願意載客的計程車，司機看我滿頭大汗、氣喘如牛的模樣，知道我有急事，收音機打開新聞放送，才知道這次的七級強震在各地都出現災情。

司機默默加快速度，用更短的時間到達我家，還祝福我家裡一切平安，勸我急事緩辦。

可是我根本緩不下來，跑進社區內，樓下不少鄰居議論紛紛，沒時間和他們打招呼，我轉進樓梯間，發現電梯停擺，只好爬樓梯上去。

身上一整套正式的服裝都被汗浸溼，風風火火地打開家門，五姊縮成一團在客廳沙發上發抖，痛到連哀號都沒辦法的樣子。

整個家像是遭遇瓦斯氣爆，該掉落的統統掉落、該倒塌的統統倒塌，地震並沒有繞過我家，一樣用暴力肆虐，毫不留情。

桌上有一張紙條，三姊告訴我，五姊在地震前就已經發病，只是地震讓她更害怕更痛苦，嘗試過不斷打電話叫救護車都失敗，大姊、四姊根本就聯絡不到。

「五姊，還好嗎？」

「還、還可以……」

「還可以個屁！」我拉開電視下的抽屜，拿出健保卡、緊急基金和鑰匙，「還是肚子在痛嗎？我馬上帶妳去醫院，再忍一忍。」

「跟龍龍出門……那我、那我要換一套漂亮的衣服……嗚嗚……好疼……」

五姊邊呻吟邊試著微笑，但更像是在哭。

我用新娘抱的方式抱起五姊，對房內的三姊大喊：「三姊，繼續聯絡大姊和四姊，我先帶五姊去醫院。」

沒有等待回應，我已經離開家，電梯依然是停用，只好抱緊虛弱的五姊，一路往下挺進。

要再一次碰到好心的計程車司機機率太低，可是用步行走到五公里外有急診室的醫院需要太多時間，現在是左右為難的困境。

「五姊，妳信我嗎？」

「信……我相信弟弟……」

「很好。」

在地下室，我用鑰匙打開大姊的跑車，將五姊安置在副駕駛座，而我則是坐進駕駛座，毅然決然地注視五姊，用她蒼白的臉孔堅強我的意志力。

畢竟，這輩子，我還沒真正駕駛過車啊。

嘰嘰嘰嘰嘰嘰……輪胎高速摩擦地面，引擎發出沉悶低吼，能幫助五姊的只有我，就算不可能，我也要當一回天才車手藤原拓海了。

跑車衝出地下室，我方向盤奮力轉一圈，在尖銳的摩擦聲中，硬生生轉向左邊，進入市區道路。

「五姊，抓好扶手。」

「嗯……開慢一點。」

我逆向超過三臺不知道什麼牌子的房車，非常輕鬆寫意，輕輕踩下油門，大姊的車猶如不安分的野獸，凶猛地尖嘯，瞬間讓車尾燈照射在其他車的擋風玻璃上。

「還記得小時候，我帶妳和四姊去看醫生的事嗎？」

五姊虛弱地點頭，像是沒力氣說話了。

我鎖起雙眉，強顏歡笑說：「跟這次一樣欸。」

「要是你……再、再丟下我……我就、我就要報告大姊……」

「放心，這次再漂亮的女生都不能讓我離開妳。」

油門踩得更深，街道上很凌亂，破碎的花盆、招牌、瓷磚、瓦片到處都是，會影響行車的障礙物我能閃則閃，實在躲不過的，我只能祈禱輾過去的時候輪胎不會爆掉。

五姊已經痛到意識有些模糊，嘴巴喃喃碎唸些我聽不見的隻字片語，冷汗讓她的熊貓睡衣溼透，服貼在凹凸有致的嬌軀上。

大事不妙，我到達急診室，五姊幾乎不能說話。

護士一看見我背五姊走進，立刻推一張床過來，用最優先的順序接受醫生的診斷。要知道地震過後的急診室人滿為患，不用排隊就等於情況嚴重，我開始意識到一個事實，五姊非常危險。

「這要馬上開刀。」

醫生短短說出這句話，後面說的我完全沒聽見，我手腳發軟地靠在牆邊，嘴唇發白乾澀。

醫生和護士開始幫五姊安排，而我還是處於很恍惚的狀態，完全沒想到一向健健康康的她，會在某一個早晨開始肚子痛，然後嚴重到要進手術室開刀。

「你是她的男朋友嗎？」

我先是點頭，後來意識到護士的問題才搖頭說：「是她弟弟。」

打了點滴的五姊，躺在病床吃力地拉著我的手，雖然她的疼痛暫時得到舒緩，可是脆弱到一動就咬牙苦撐的模樣真的讓我很不捨，在排隊進手術室的期間，我能深刻感受到恐懼，不管是五姊表現出的恐懼，或是來自於我本身內心的恐懼。

我捏捏她的掌心，輕描淡寫地說：「別擔心，手術根本沒什麼好怕的，麻醉之後又不會痛，醒過來妳就會康復了。」

「我怕……有點怕。」

「怕個屁，小手術而已，呵呵。」身處於手術房外，裡頭竄出的沁心冷意讓我打了個冷顫。

「別離開……要等我喔……」

「就算地震把臺灣都搖沉了，我也會在這。」

眼看五姊被護士推進去手術房，而她殷切期盼的眼神從頭到尾都沒離開過我。

家屬等候區裡有好多人，表情一致愁眉苦臉，將擔心統統寫在臉上，我根本不必照鏡子就知道，我和他們一模一樣。

憂慮，是一種會傳染的情緒，繼續待在這裡，我會受不了。

躲在家屬等候區外的走廊，這裡有兩排串起的椅子，沒有人使用，我一個人剛剛好。

走廊的日光燈不時閃爍，配合我一副死人臉更添增幾許詭異氣息，每每有家屬或是醫護人員路過都加快腳步，彷彿這裡有鬼。

所謂相由心生大概就是我目前的情況，一想到有可能失去五姊，我就感到憤怒和不解，開始怨天尤人，自言自語裡都是髒話，咒罵的目標都是我虛構的宇宙主宰，為五姊所受的苦爭一口氣。

五姊對我而言，跟空氣差不多，無時無刻都存在，早就習慣她的滋養，平時不太注意，可是一旦驚覺有可能失去她後，才知道事情大條，會鬧出人命。

我雙手握拳，遲遲沒有放開。讓沒修齊的指甲在我的掌心刺出幾道傷口，我會覺得比較好受。

「五妹呢？」

「到底發生什麼事？」

抬起頭，我看見大姊和四姊，她們匆匆忙忙趕來，胸口仍在劇烈地起伏。

「出大事了。」

我看向別邊，語氣失落。

「怎麼樣？很嚴重嗎？」

大姊問我，四姊則揪住她的手臂一臉凝重。

「醫生說很嚴重，不馬上開刀會有生命危險。」

「你給我說清楚一點！」

「笨蛋！一次講清楚啦！」

我垂下頭，低聲道：「我也懵懵懂懂啊，醫生說要開刀，要切除五姊的……器官……」

「怎麼會忽然這麼嚴重，五妹是哪裡有問題。」

一向沉穩的大姊，連化過妝的臉都呈現死白，更別說依偎在她身旁的四姊已經快哭了。

「早上五姊就說肚子痛，她為了不去看醫生還騙我說沒事，一直到下午我出門後，幾乎跟地震同一時間接到三姊的電話，我馬上趕回家……五姊就已經很嚴重了。」我不知道該擺出怎樣的表情面對他們，乾脆看向地板。

「肚子劇痛？」一身小禮服的大姊臉色大變，顫抖的手緩緩拿下眼鏡，以前所未有的顫音道：「癌症嗎……胃癌？十二指腸癌？大腸癌？不會吧……已經嚴重到要切除了嗎……」

四姊直接號啕大哭，趴倒在走廊另一邊的椅子上。

「應該不是吧。」我慌張地看了大姊一眼，她後退兩步也跌坐在椅上，「醫生要我不要太擔心啊，沒那麼嚴重吧。」

「醫生要安慰你當然是這樣講啊。」大姊隔空踢了我一腳，生氣地說：「都要切除器官了，當然是很嚴重啊。」

「……是嗎？」

我雖然在問，可是我心裡早就知道答案了。

四姊抱住大姊哭得亂七八糟，身上還是魔術表演的特殊裝扮，可見受影響的不只是我，五姊占了整個家很大的部分。

「我就叫她胸部不要長這麼大……養分都跑到胸部了，當然……當然……會得癌症啊……嗚嗚嗚嗚……」四姊躲在大姊的懷裡抱怨。

「喂，好歹有點科學根據吧。」

「一定是乳癌！一定是……她的胸部占身體比例太多，胸部得到癌症的機率一定也比較高……對不對，大姊？」

「就說是肚子痛了……要是被五姊聽到，妳以後就準備三餐都自己處理吧。」

「我是說真的，五妹才不會怪我。」

「妳根本是嫉妒五姊的胸部。」

「才沒有！」

「你們閉嘴!!」

大姊用高跟鞋尖踢我，同時捏四姊耳朵。

各打五十大板的方式讓我跟四姊馬上封口。四姊按著變紅的耳朵嗚咽，我則搓著腫起來的小腿，一時之間，走廊內無人說話，在大姊的暴力鎮壓後，李家的孩子都超級乖。

「現在都什麼時候了，還敢給我吵架！」

「是。」

「是……」

「弟……再告訴我五妹還有什麼病徵，讓我用看完《怪醫豪斯》一到八季所學的醫學知識來診斷一下。」大姊很認真地說。

「醫生是有告訴我五姊的病名，只是很怪異，我想不太起來。」

為了防止大姊出糗會惱羞成怒，所以我乾脆坦白招供。

大姊脫下高跟鞋作勢要丟我，「還不馬上給我想起來！」

「藍色的藍，什麼……叫藍什麼，很古怪的病名，所以才害我忘記。」

「看來我要用鞋跟替你的太陽穴按摩，你才會認真地想起來？」

「對、對不起……我馬上想。」

「很好。」

「一共是三個字，最後一個字不是『癌』就是『病』吧，嗯……藍叉病？不對，藍圈癌？藍叉癌？等等……我記得很奇怪是因為，啊！對了，大姊，我想起來了！」

我大呼一聲，連四姊都擦掉眼淚，專注地聽我說話。

「還不快說？是想吃鞋跟嗎？」

「這個病是三個字沒錯，第一個字是藍色的藍，第二個字是尾巴的尾啦，就是藍色的尾巴，我就覺得五姊又沒尾巴，怎麼會得這種怪病。」

我欽佩自己的記憶力，在九死一生之中，活生生擠出答案。

大姊和四姊面面相覷後，一起走到我旁邊，分開至左右兩側，將我夾在中間坐下，一個拉開我的袖子捏捏我手臂的肉、一個拿高跟鞋在我臉前調整角度。

「妳們、妳們要幹什麼……我就說我不記得，說錯病名也無可厚非吧。」

我縮起雙腳，雙手抱膝，呈防衛姿態。

「弟弟，你有聽過『闌尾炎』嗎？」

「有啊，藍色尾巴……」

「閉嘴！你給我吃高跟鞋吧。」

大姊暴怒，企圖將凶器塞進我嘴裡。

「連闌尾炎都不知道，你是李家的恥辱！還跟我說要切除器官勒！受死！」

四姊見機不可失，怪叫一聲「把眼淚還給我」，張嘴就咬住我的手臂。

發自本能的求生意志讓我掙扎，可是大姊絲毫不管小禮服的裙子有多短，抬起腳踩在我的腰邊，奮力要讓我吃高跟鞋；四姊手臂咬完改咬手指，弄得我全身上下齒痕斑斑。

「唔……我沒騙……我、我沒騙、唔……醫生真的說要切掉……五姊體內的……聽我解釋唔唔唔……別趁機咬我！唔……四姊！」

一句話我說得斷斷續續，因為嘴巴張開隨時會被塞進高跟鞋，我只好用一招懶驢打滾，滾到地板上，可是大姊身手更加俐落，我躺她踩，就算我可以從底下看見她的內褲也不在乎，要送我下地獄的決心好強烈。

偷雞摸狗的四姊當然沒放過機會，跨坐在我的肚子上，緊緊抱著我的右手，像是在啃甘蔗一樣，從手指咬到手腕。

「放過……放過我……我會、我真的會死掉……」

「放心，這裡是醫院嘛。」大姊的笑讓我發寒，「死掉前送急診就好了啊。」

「咳咳……地震時期，不要讓我們增加工作量了好嗎？」一身墨綠色手術服的醫生出現在走廊另一端，「請問是李香玲的家屬嗎？」

「在這。」大姊穿好鞋，拉順小禮服，堆起親切的笑容，「我家五妹還好嗎？」

要不是我還躺在地上，呈現剛被她蹂躪完的模樣，連我自己也會被大姊給欺騙，更別說四姊已經小鳥依人般靠在大姊身後，我整條快被咬爛的手好像跟她一點關係也沒有一樣。

「手術很成功，疤痕只有一點點，復原後幾乎都看不見。」年逾四十的醫生和藹地說：「不過也不能小看闌尾炎，患者要是再延誤就醫，真的會有危險。」

「我們會注意的，請稍等。」大姊轉過身再補給我兩腳，「我家小弟肯定也記住了。」

「你們可以進去看她了，等等依護士指示轉移到一般病房，觀察個兩到三天，沒問題的話就可以辦理出院。」

聽到醫生這樣說，我望著走廊閃爍的日光燈，不知道為什麼視線漸漸模糊不清，連聲音都有點沙啞，嘴巴張呀張，半晌擠不出一句話，只能在心裡說——

宇宙主宰，謝了……

晚上十點，謝絕訪客的時間。

我拉張椅子平行坐在五姊床邊，任由我的手讓她握住。

照顧五姊的工作，我們姊弟討論過後決定採用輪班制，第一天的夜班就讓我負責，明天是四姊，後天是我，大姊因為有重要的事必須充足睡眠，所以她上班途中會抽空過來負責平常白天。

在大姊和四姊離開之後，單人病房有點冷清，只剩不停播報地震相關新聞的電視聲存在。

五姊一直處於很緊繃的狀態，她天生討厭醫院，不斷嚷嚷著要回家，要不是大姊恐嚇她，早就自己推輪椅回去了。

「三姊的三餐怎麼辦？我不在她會餓死啊。」五姊要從病床坐起，我壓住她的肩，讓她馬上又躺回去。

「她還有其他姊妹，妳放心吧。」

「可是熊貓吉還沒吃飼料……」

她又再度坐起，我再度壓回去。

「放心，熊貓吉只是一隻大型布偶，三十年不吃飼料也不會怎樣。」

「三天沒上課，我會跟不上進度啊，不行，我要回去上課……都要段考了。」

一樣的動作，我懶得贅述了。

「我明天將書帶來醫院，妳可以慢慢看。」

「二姊萬一知道我住院怎麼辦，她一定會很擔心，我要讓她知道我很健康。」

我脫掉原本繫在褲頭的皮帶，緊緊將五姊的左腳踝綁在床邊護欄。

「你、你幹麼？」

「放棄所有逃跑的念頭吧，大姊沒讓二姊知道，所以二姊也救不了妳。」

五姊賭氣地用力躺回病床，恐怕是拉扯到傷口的關係，痛得淚眼汪汪但又不敢叫出來，真是報應。

「很痛嗎？」

「還好……」

「妳什麼都嘛還好。」我又好氣又好笑地看著陷入困境的五姊，「大姊安排我在這，就是要我照顧妳，盡情使喚我吧。」

「哪有弟弟在照顧姊姊？」五姊緊鎖的眉慢慢舒緩，忽然一改怨懟，甜甜笑道：「我喜歡你陪我。」

「好好休息吧，別講一些五四三了。」

「能讓你待在我身邊，我突然覺得……開刀很值得。」

「神經病……」

「我才不是神經病，我只是疼愛弟弟的姊姊而已，就你會大驚小怪，每個家庭的獨子或么子本來就該捧在手掌心呵護啊，更別說你有那麼多姊姊，要是我不多努力一點，你怎麼會注意我？」

「醫生割掉盲腸的時候，是不小心把妳的大腦割掉一塊嗎？」

「不管你怎麼說我，我一定要成為最愛你的姊姊。」

她執拗的表情，有夠像鬧脾氣的小狗。

「好啦、好啦，當然是五姊最愛我了。」

對於病入膏肓的五姊，我發現多說無益，替她拉上棉被蓋好。

「還有，情人節這天，龍龍能夠陪我約會，就算住院也好開心。」

「待在醫院休養算什麼約會？等一下……」我雙手抱頭，似乎想起一件很重要的事，「今天是情人節欸。」

「是呀……我還準備煮巧克力要送你，都怪我的盲腸。」五姊有點失落。

我像是喝酒過度的醉漢，無法抑止地抖著手，將早早關掉的手機拿出來，心裡在默默祈禱，今天發生的一切都只是某個幻想。

但是手機收到一封信，證明全部都是真實。

沒有具名，我不知道是誰，大致上就是一直在罵我，說我辜負了一位痴痴等候的女孩，明明就約定在蛋糕店，可是女孩等到地震來，嚇個半死也不願意離開，最後是蛋糕店要提早歇業，她才知道自己被耍了。

我的老天爺啊……喔不，我的宇宙主宰啊，不要對我開這種玩笑，我真的承受不起。

「五姊，我、我去大便。」

「記得擦屁股喔。」

「嗯，我從國小一年級之後都有擦了好不好……算、算了，現在不是爭論這個的時候。」

都已經走到病房門口，我又忽然想起一件瑣事，於是又回到五姊的病床旁，從口袋拿出一張卡片。

「五姊，情人節快樂，我字醜，妳就別嫌了。」

「……」五姊接過我親筆寫上感謝的情人節卡片，雙眸立刻像是淹大水般，眼淚接近滿溢，「龍龍……」

「現在千萬別哭，只是一張卡片而已，妳別激動啊。」

「龍龍……」

當五姊再喚我的小名，淚珠就完全無法控制地墜落在卡片上。

現在沒辦法安慰五姊了，我雙手按在屁股上面，故作焦慮地說：「大便已經要脫困而出了，我等等回來。」

我成功使出糞遁離開五姊的病房。

我捧著手機，快速走到病房外，找到給訪客使用的廁所，趁現在空無一人時趕緊進入，將門給鎖好，坐在馬桶上，手一邊抖一邊撥號。

真的沒有想到會發生這種慘事，原本我都已經要到達蛋糕店，可是一場地震外加三姊的一通電話，讓我徹徹底底忘記和小夢的約定。

何況，這是我的告白，竟然晃點了心儀的對象，太扯了，真的太扯了啊。

「拜託，快接。」

「喂？」

謝天謝地，在響了第七聲之後，小夢終於接起電話，而且語氣正常，一點都沒有抓狂的徵兆。

「對不起，非常對不起，我下午已經到蛋糕店外了，只是因為地震，不、不是，因為我五姊闌尾炎情況緊急，所以我才會爽約。」

「嗯……」小夢淡淡地應了聲。

「要不是急事，我絕對不可能放妳鴿子，對不起、真的很對不起，讓我補償妳好不好？我請妳吃頓晚餐吧，千萬不要生氣、不要因為這樣討厭我。」

「那麼好，有晚餐吃？」

「對、對啊，一起吃晚餐。」我默然片刻，感到有一點奇怪，「妳還好嗎？」

「有晚餐可以吃，當然好啊。」

「地震，有讓妳受傷嗎？」

「嚇一大跳而已，完全沒事。」

「我應該陪在妳身邊才對……」

「沒事、沒事，你姊姊生病比較重要。」

「真的沒有生氣嗎？」我小心翼翼地問。

電話另一頭沉默了幾秒，才緩緩問：「為什麼我要生氣呢？」

「一般來說，都會生氣才對，畢竟是我爽約在先……」

「喔，你是說我們約在蛋糕店的事啊。」小夢頓了頓，轉換成帶有歉意的口吻，「關於這件事，我的確有話要告訴你。」

「什麼事？」

「我沒有去蛋糕店，抱歉。」

「……」

我的嘴不自覺放大，彷彿有人拿斧頭從我天靈蓋砍下去。

「所以你不用一直道歉，你沒有做出任何需要道歉的事，姊姊生病當然要以姊姊為重，更何況我根本沒去……」

「那我們……之間？」

「認識你，讓我很快樂，每天上課，我都期待跟你吃飯、聊天、閒晃……」小夢緩緩地說：「對我而言，這樣就足夠了、滿足了，是不是男女朋友關係，真的不重要。」

「男女朋友的問題，我們已經討論過。」

「那是你的答案，不是我的……而且一對好友因為在一起而互相束縛，聽起來真的是好悲傷。」

「……那妳對我說『我真的超乎預料的喜歡你』，又是怎麼一回事？」

「真的超乎預料啊——居然只有一點點喜歡。」

「不要開玩笑啊，我在馬桶上都要哭了欸。」

小夢用銀鈴般的笑聲結束話題，安慰地說：「我們當好朋友吧。」

「這是傳說中的『好朋友卡』嗎……」

「是呀，對不起。」

我一隻手拿電話、一隻手拉扯原本就不整齊的頭髮，將頭一直拖去撞隔間的擋板，忽然不知道該說什麼，似乎任何的話語都沒辦法讓她回心轉意。

「怎麼會有敲東西的聲音？你在幹麼？」

「沒事，是隔壁有人在敲牆壁……對了、對了，我剛剛收到一封信，上頭說妳、妳有去蛋糕店，還等我等到老闆打烊為止！」

我像是抓到救命的稻草，一句話說到後來變得很大聲。

「是誰寄給你的？」

「……不知道，沒署名。」

「內文真的是說我徐心夢嗎？」

「沒有……」

「哎呀，不要隨便相信匿名的整人信件嘛。」小夢深深地呼吸幾口氣，溫柔地對我說：「那我先去洗澡了，改天聊吧。」

「這是傳說中的『洗澡卡』嗎……」

「是呀，對不起。」

對於十七歲還沒交過女朋友的我。

我感到羞恥。

完全不能理解，女生到底是怎樣的存在，她們到底願意和怎樣的男生交往呢？

在和小夢說完電話後，我的問題還是沒有解答，原本以為這段日子過去，對於女生的認知可以更進一步，但是我大錯特錯，問題變得更加撲朔迷離，上了一層超厚的馬賽克。

後來，我收到第二封匿名的整人信，說有個女孩講完電話後痛哭失聲，信裡面描述得很破碎，沒有講出女孩哭的理由，只是最後的結論莫名其妙，我竟然變成罪魁禍首，可是我最近除了小夢以外，根本沒有和其他女同學有交集，真是神經病。

封鎖了信件，我必須拋開所有干擾，為這次的失敗開一個檢討會。

我和小夢之間交往的過程雖然有波折，但還算是和諧快樂，粉紅色的曖昧氛圍已經濃到快要雙眼可視，不管是電視、小說、漫畫，這樣的男女主角到最後百分之百是會在一起。

為何，我和小夢卻沒有成為男女朋友？

回歸理性來探討，一對男女沒有在一起，必定是因為有一方不夠喜歡對方，這不會是我的問題，那問題就是出現在小夢那邊。

雖然我向來厚臉皮，不過我敢保證，小夢一定也是喜歡我的。

我們沒有在一起的關鍵原因已經呼之欲出。

她並不是不喜歡我，只是比起我對她的喜歡……顯然沒那麼多。

用少女養成遊戲來比喻，小夢對我的好感值並沒高到能夠觸發相愛交往的事件。

但是有一點不一樣，就是我知道不管再付出多少努力提升好感值，小夢都不可能喜歡上我了。

因為她發給我的好朋友卡，是在她審慎思考過後的產物。

有點瘋狂的外表底下，小夢其實是一個超級冷靜的女孩，也許我就是喜歡她這點，也許就是如此才害我失戀。

現實世界的愛情，果然不像是電玩那樣簡單，不管投入了多少、不管辛苦了多少，終究有可能化為一場空，等價交換在感情上就是個屁，愛情這種東西是根本換不來的。

在茫茫人海中，要找到一位我喜歡，而對方也喜歡我的人，出現的機率到底是有多低呢？

每一對走在街頭的恩愛情侶，根本都是奇蹟下的產物啊。

他們在無限的選擇中找到彼此，跟中大樂透的機率相差無幾。

只可惜，奇蹟並沒有降臨在我身上。

我輕輕閉上雙眼，全身放鬆讓按摩椅的滾輪揉動我的背，放學後的棒球社社團教室，正好可以讓我用來緬懷逝去的心，順便拼湊起碎掉的意識。

但是效果很差，自我療癒的過程中，我總覺得少了些什麼，這場只有我參加的檢討會中，我是不是忘記一個很關鍵的因素呢……

對了，還有姊姊們啊！

大姊先是荒唐至極地規定我不准和異性交往，四姊成為劊子手不斷砍掉我剛萌芽的戀情，五姊最讓我無語問蒼天，人畜無害的外表下居然間接成為四姊的幫凶，這群姊姊到底是怎麼回事？

別人家的姊姊看見弟弟有心上人，鼓勵幫忙都來不及了，只有她們會無所不用其極地扯我後腿。

這不就證明了，我不願承認，但是又不得不承認的事實。

那就是……

有五個姊姊的我就註定要單身了啊！

一想到這，滿腔的惆悵和怨懟無法釋放，只好洩恨似地在按摩椅的遙控器上亂按，冀望棒球隊專用的按摩椅能夠和我一樣崩潰，最好是能陪我一起壞掉。

嘎。

怪聲，放學後的社團教室中，變得異常明顯。

我挺起腰，四處張望，鎖上的門沒被打開，所以不是打掃偷懶被教官抓包，可是整個空間也就十五坪大小，一時之間我卻找不到怪聲的來源。

強迫自己穩定心神，不要再去想毫無根據的校園怪譚，事出有因，怪聲也會有出現的原因，只是我還沒找到……

再一次環視周圍，一切都沒有變化，棒球隊那群髒鬼所產生的髒亂依然在，飲水機、電風扇、球籃、球棍支架、毛巾櫃、小冰箱、垃圾桶、個人置物櫃……咦？個人置物櫃被打開了。

我緩緩站起來，艱難地吞了口口水。

「被打開了」，並不是形容某個球員的置物櫃被打開，而是原本被釘在牆壁的整面置物櫃居然像門一般，彈出了一道縫隙，猶如在對我招手，要我趕快打開。

好奇心快溢出嘴巴，我拉開整面置物櫃，發現裡頭有一道暗門，就是電影裡才會出現的那種暗門——

沒想到我連獨自一人舔舐傷口，也會遭遇到離奇的怪事。

「太扯了吧……」

我的好奇終究被害怕給壓抑，面對鑲在牆壁上的怪門，遲遲無法伸出手拉開。

倒是門上貼著一幅手繪海報，感覺年代有點久遠，雲彩紙略顯泛黃，老式的POP字體，紅色麥克筆寫下的字已經褪色……

海報上的中文字我統統都認得，但是拼裝在一起卻讓我感到無比的迷惘。

告白失敗嗎？

沒有女（男）朋友嗎？

想追回失去的摯愛嗎？

不想孤單到高中畢業嗎？

希望緊緊握住青春的尾巴嗎？

請打開門，加入「戀愛奮鬥互助社」！

社長　李亞玲　敬上

「這根本是在講我啊，等等……我也能追回小夢嗎？」

疑問過後又生疑問，看完整張海報，我整個人像是被混凝土淋過，隨著水泥漸漸硬化，慢慢地我也難以動彈，只剩下嘴巴勉強張闔，吐出難以言喻的滋味和一段話——

「還有，為什麼會出現二姊的名字啊？」

後記

關於《有五個姊姊的我就註定要單身了啊》這本小說，是我繼《我的妹妹沒有公主病》之後，再度寫出的家庭愛情喜劇。

相較於妹妹的任性妄為，我相信姊姊的荒淫無道……喔，不是，是暴虐無道，也應該能讓各位讀者滿意。

雖然東城刃更的父親曾經說過：「妹妹可是好東西啊！既可愛又溫柔，還很軟，早晨還會來叫你起床。」

但我絕對相信姊姊也是好東西啊！會挖洞又會背刺，還能杜絕外在的誘惑，讓弟弟修身養性，進入五蘊皆空、無念無想的單身世界。

結論：請大家要珍惜姊姊喔。

國家圖書館出版品預行編目資料

有五個姊姊的我就註定要單身了啊01 / 啞鳴 作.
—初版. —臺北市：尖端出版, 2014.07
冊 ; 公分
ISBN 978-957-10-5618-0(平裝)

857.7　　103009635

浮文字
有五個姊姊的我就註定要單身了啊01

著　者／啞鳴
發行人／黃鎮隆
總編輯／洪琇菁
執行編輯／楊國治
企劃宣傳／邱小祐、劉宜蓉
封面插畫／迷子燒
副總經理／陳君平
國際版權／黃令歡
美術編輯／李政儀
內文排版／謝青秀

出　版／城邦文化事業股份有限公司 尖端出版
台北市中山區民生東路二段一四一號十樓
電話：(〇二)二五〇〇七六〇〇　傳真：(〇二)二五〇〇二六八三
E-mail：7novels@mail2.spp.com.tw

發　行／英屬蓋曼群島商家庭傳媒股份有限公司城邦分公司
尖端出版
台北市中山區民生東路二段一四一號十樓
電話：(〇二)二五〇〇—七六〇〇(代表號)
傳真：(〇二)二五〇〇—一九七九

北部經銷／祥友圖書有限公司
電話：(〇二)八五一二—三八五一
傳真：(〇二)八五一二—四二五五

中彰投以北經銷(含宜花東)／楨彥有限公司
電話：(〇二)八九一九—三三六九
傳真：(〇二)八九一四—五五二四

雲嘉經銷／智豐圖書股份有限公司　嘉義公司
電話：(〇五)二三三—三八五二
傳真：(〇五)二三三—三八六三

南部經銷／智豐圖書股份有限公司　高雄公司
電話：(〇七)三七三—〇〇七九
傳真：(〇七)三七三—〇〇八七

一代匯集／香港九龍旺角塘尾道六十四號龍駒企業大廈十樓B&D室
電話：(八五二)二七八三—八一〇二
傳真：(八五二)二七八二—一五二九

馬新經銷／城邦(馬新)出版集團Cite (M) Sdn. Bhd.
E-mail：cite@cite.com.my

法律顧問／王子文律師　元禾法律事務所
台北市羅斯福路三段三十七號十五樓

二〇一四年七月一版一刷
二〇一八年十一月一版十四刷

■中文版■

郵購注意事項：
1. 填妥劃撥單資料：帳號：50003021戶名：英屬蓋曼群島商家庭傳媒(股)公司城邦分公司。2. 通信欄內註明訂購書名與冊數。3. 劃撥金額低於500元，請加附掛號郵資50元。如劃撥日起 10～14日，仍未收到書時，請洽劃撥組。劃撥專線TEL：(03)312-4212 ・ FAX：(03)322-4621。E-mail：marketing@spp.com.tw